CHROMOVILLE

JOËLLE WINTREBERT

JOËLLE WINTREBERT

CHROMOVILLE

ÉDITIONS J'AI LU

*Collection créée et dirigée
par Jacques Sadoul*

*A Brigitte,
incomparable hôtesse*

1

Les ombres rampent dans la ruelle, s'agrippent aux murs de l'entrepôt, s'agglutinent sous les porches, effacent les signes, avalent la couleur. Ombre parmi les ombres, un petit garçon hasarde quelques pas sur le pavé graisseux qu'irradie encore une mauvaise lueur. Il lève les bras au ciel et salue son amie, la nuit.

Alors, trois démons se détachent des murs. Le trait de feu d'un fouet-lumière cisaille l'obscurité. L'enfant, sa joue creusée d'un fin sillon fumant, exhale un cri suraigu qu'une main puante étouffe. Sous ce bâillon trop étanche, le petit garçon suffoque et s'évanouit.

Un choc brutal le ranime.

Fin de la trêve. Il vient de heurter le sol d'une cave, l'un de ces lieux secrets et rituels où les malformés comme lui rencontrent tôt ou tard la violence.

Pénombre. Une bourrade le force à se relever. Un couteau lacère sa tunique sans ménager son corps. Honteux, l'enfant baisse les yeux sur sa nudité moquée, mais le pire est encore à venir.

Des mains liées que l'on accroche à un anneau fixé dans le plafond, des pieds rivés au sol par des boucles d'acier, un corps déshabillé que l'on attache en extension... comment ne pas reconnaître la procédure?

La peur de l'enfant balaye sa souffrance. Il sait maintenant qu'il va subir un simulacre de danse de justice.

Lumière. Une fluorescence aveuglante centrée sur lui. Et puis, la mécanique huilée des mots de la pseudo-condamnation.

    ... bâtard   busard
               barbare   bizarre
        rature   raclure
           roture   rognure ...

Une litanie coupée de cris lorsque les ongles affûtés des officiants rainurent la peau du supplicié.

Fin du premier acte.

Statue de chair éclaboussée de rouge, l'enfant n'a plus de larmes. Dans ses yeux, si grands qu'ils font paraître moins grosse sa tête hydrocéphale, l'image des trois tortionnaires s'imprime. Les deux plus acharnés sont des *Rouges*, nouvellement nommés car les pigments de leur peau, qui jouent inégalement de l'ocre au carminé, sont loin d'être unifiés. D'un bleu régulier, le visage et les mains du troisième montrent qu'il est plus vieux. Quinze ans, peut-être...

Le petit garçon gémit. Que ce fils de marchand soit descendu s'encanailler avec des *Rouges* ne peut signifier qu'une chose : son désir homicide.

Silence.

Le fouet-lumière se lève une nouvelle fois et l'enfant lit son arrêt de mort dans les yeux de l'adolescent bleu. Mais il ne veut pas mourir! Il n'a que sept ans, il commence tout juste à vivre!

Le fouet s'abat dans le vide. L'enfant s'est dissous dans la transparence de l'air. Sur le faciès tourmenté des bourreaux, une terreur sacrée remplace la stupeur.

★

Il pleuvait. Le corps liquide de la Ville s'estompait dans la brume. L'heure grise recouvrait tout d'un masque. Les rares formes abruptes qui émergeaient encore amorcèrent leur propre dissolution. La métamorphose s'achevait. Les mille bruits de la vie n'étaient plus que rumeur. Les odeurs se fondaient dans une exhalaison douceâtre.

Accoté au vide, sur la plus haute terrasse de la plus haute tour, le jeune homme frissonna. Il lui semblait soudain que la Ville se mettait à couler vers le bas. Et il désirait furieusement couler avec elle. La Règle l'interdisait mais il avait souvent passé outre. Abandonner son corps en sentinelle était l'enfance de l'art pour un chorège. Mais lui conserver assez de conscience pour être informé d'une approche s'était révélé autrement difficile. Sélèn avait travaillé en secret pour maîtriser ce pouvoir.

Dans un froissement mouillé, un grand oiseau déchira la nuée. Sélèn décida de le suivre. Ses bras écartés se tétanisèrent un instant avant de s'affaisser en douceur. Sur la terrasse, le corps abandonné ressemblait à une statue de marbre aux yeux clos.

Sélèn tombait. Il s'était accordé à la pluie. Tellement, que cette pensée lui vint : « Je « pleus » sur la ville... Moi, Sélèn, je suis la pluie. »

Il sourit pour lui-même, ce qui ne lui était pas arrivé depuis deux cycles. La pluie s'opposait à cette sensation de racornissement qu'il avait éprouvée, ces derniers temps. Plus il progressait dans son initiation, plus il devenait sec et dur. Il ressentait cet exil de son être charnel comme un manque. Comme s'il s'était absenté d'une partie de lui-même, non plus à titre temporaire mais pour longtemps. Pour toujours peut-être?

Pouvait-il avoir confiance lorsque le coryphée disait que scissions et dédoublements n'étaient que transitoires? L'initiation donnait pour but la fusion absolue du corps et de l'esprit dans la divinité d'un Etre Révélé, mais la réalisation de tous ses potentiels valait-elle sa souffrance présente? Ses veines charriaient du sable, ses membres râpaient comme du verre pilé, sa bouche le brûlait tant qu'il pouvait cracher le feu tel un dragon sans le moindre effort de concentration...

« Cessez de labourer, ma tête est trop aride pour donner naissance à vos fruits! » était-il tenté de crier aux prêtres. Mais bien sûr sa révolte ne passait pas la barrière des lèvres. Arrêter son initiation signifiait retourner chez les *Rouges*... et il savait trop bien comment ceux de sa caste accueillaient les chorèges déchus. Avoir eu le privilège d'être élu et ne pas avoir fait aboutir cette chance, c'était impardonnable. Les anges tombés devenaient des parias. La plupart préféraient la mort à l'indignité d'une existence crépusculaire.

Sélèn tombait. La pluie réconciliait son esprit et son corps. Bien que fragile et provisoire cette unité recouvrée le réconfortait. L'eau le lavait de ses tensions, l'ouvrait au monde, à la Ville.

Sélèn tombait doucement de terrasse en terrasse et il lui semblait qu'il descendait un escalier géant. La bruine et la nuit proche gommaient tous les contours. C'était l'heure brune où, dans les loges, les lampes s'allument. Ainsi, peu à peu, sous les yeux ravis du chorège, la Ville s'étageait en amphithéâtre irisé. Elle fut bientôt entièrement phosphorescente.

Sélèn arrêta sa chute près de la base. Ses rougeoiements de braise évoquaient son enfance. Le démon du souvenir l'aiguillonnait chaque fois jusque-là mais il ne s'y attardait jamais. Sans quitter le halo coloré irradié par les loges, Sélèn se mit à remonter.

La Ville était un mandala. Ses sept niveaux avaient été taillés jadis dans l'épaisseur d'un haut-relief rocheux. Massive et circulaire, elle escaladait le ciel comme un défi. Chacun de ses immenses gradins abritait une ou deux des castes qui fragmentaient la cité. Tout en bas les *Rouges* : la caste des producteurs. Au-dessus, les *Orangés* et les *Bruns* : artistes et artisans. Les *Bleus* ensuite : la caste des marchands. Le quatrième étage était celui de l'Ordre : *Vert*, pour la caste des émargeurs. Les *Violets*, urbanistes, et les *Jaunes*, hétaïres, se partageaient dans un désordre très étudié le degré suivant. Quant aux *Multis*, ils s'étaient de tout temps réservé la sixième strate. La caste des maîtres-fondateurs tenait à être aussi près du sommet que possible. C'est de très mauvaise grâce qu'elle cédait au Hiérarque, à ses prêtres et à ses chorèges le nid d'aigle du septième niveau. Mais les *Noirs* et les *Blancs* étaient les pions majeurs d'un Jeu d'Echecs auquel les *Multis* n'avaient jamais gagné...

Sélèn flottait dans les lueurs mauves et dorées de la cinquième strate lorsqu'une brusque modification de son champ de conscience l'avertit que son corps n'était plus seul sur la terrasse du temple. Il se réintégra trop vite et s'évanouit sous le choc. Lorsqu'il reprit connaissance, deux index étrangers massaient ses tempes. Une suée d'angoisse coagula la pluie sur son front trempé. Il s'était trahi et la Règle était impitoyable. Il entrouvrit les yeux et maîtrisa non sans peine un soupir de soulagement.

– Perle! Tu peux cesser. Je suis à moi.

Les fronces qui déformaient le front de son ami se détendirent.

– Eh bien! Je commençais à me demander si j'allais réussir à te réveiller. Que t'est-il arrivé?

– Un malaise. J'ai dû prendre froid...

– A qui crois-tu faire illusion? Je sais bien que tu as *voyagé*.

– On ne peut rien te cacher.

– Alors?

– Alors, je suppose que mon système de retour rapide n'est pas au point.

– C'est regrettable!

– J'en conviens.

– Tu risques gros. La Règle ne pardonne pas.

– Epargne-moi l'homélie, s'il te plaît. Je te remercie de m'avoir réaccordé mais je n'ai pas envie d'en parler.

– Ta mauvaise humeur me confond, mais soit, je tiens à respecter ta solitude. Bon *voyage*!

Et le chorège, dans une grande envolée de cape, se retourna et marcha vers la porte. Au moment d'en franchir le seuil, un sursaut le figea.

– Pagaïe! Faut-il que tu me troubles. J'en oublie l'essentiel : Argyre te demande. Tu ferais bien de filer chez lui, il doit s'impatienter.

– Merci, Perle. Excuse mon humeur mais tu me connais, j'ai horreur de perdre!

10

Les deux amis éclatèrent de rire et s'engouffrèrent dans l'escalier.

★

« *Les augures te sont favorables. Ta première chorégie publique se tiendra demain sur le forum de la guilde.* »

Incapable de prononcer un mot tant l'émotion le bâillonnait et luttant contre un impérieux désir de fuite, Sélèn s'était incliné avec respect devant Argyre. Il était à la fois ivre de joie d'avoir été choisi et terrorisé à la pensée d'affronter la foule. Les chorégies publiques étaient l'aboutissement de l'initiation. Bien sûr, Sélèn avait déjà pratiqué son art, risquant les plus subtiles ou les plus saugrenues des métamorphoses, mais toujours dans des théâtres privés, devant une assistance recueillie. Le silence était un adjuvant de la concentration qu'il avait cru longtemps indispensable. Il allait devoir prouver qu'il pouvait s'en passer... La nuit s'effilochait de rose lorsque le sommeil avait enfin terrassé sa fièvre.

Et maintenant, luttant contre lui-même pour maîtriser le tremblement de ses mains, il se tenait debout à l'intérieur d'une aire circulaire que délimitait le cordon vert des membres de l'Ordre accroupis.

Sélèn s'était ému de leur voir l'arme au poing mais Argyre l'avait rassuré. Simple dissuasion. Il arrivait que l'enthousiasme déchaîné par une chorégie réussie confinât au délire... Le fanatisme de la foule la rendait alors prête à tout, même à démembrer ses héros pour mieux se les approprier. Cet accident s'était produit jadis. Depuis, la protection de l'Ordre était obligatoire.

Sélèn soupira. Jamais les prémices d'une chorégie ne lui avaient semblé aussi longues. Le coryphée n'en finissait pas de tracer le mandala sur le sol. Il laissait filer entre ses doigts les poudres de couleur avec une régularité de métronome, sans se laisser distraire par le brouhaha de la foule. Simultanément, autour de lui, les prêtres procédaient au rituel de sacralisation de l'aire. Le soleil à son déclin ajoutait une coloration violente à ce tableau. La place était barbelée d'ombres.

Incapable de se concentrer, Sélèn se mit à détailler son public.

Beaucoup de *Rouges*, évidemment. L'heure était au commerce. Et, bien sûr, les marchands resteraient confinés dans leurs officines jusqu'au début de la chorégie : il y avait très peu de casaques bleues sur le forum.

Le dieu des artistes et des artisans était apparemment moins exigeant. *Orangés* et *Bruns* pullulaient.

Pas un *Multi*, par contre. Les maîtres ne se mélangent pas au peuple...

Un remous se produisit soudain dans la masse compacte. La foule s'écartait devant une hétaïre. Le chorège s'étonnait de ce respect disproportionné mais en voyant approcher la fille, il en comprit la raison. La *Jaune* était magnifique. Vivante statue d'or blond, on eût dit qu'elle piégeait les rayons du soleil. Le petit essaim de *Violets* qui bourdonnait autour d'elle semblait avoir l'unique fonction de la faire valoir.

Sélèn ajustait sa vision lorsque les yeux de la fille croisèrent les siens. Des yeux d'un noir mat, dense, d'autant plus saisissant que la peau du visage était pâle. Et dans ces yeux Sélèn vit s'imprimer une image. Un cliché de son propre corps, étriqué dans le collant blanc surmonté d'une tête trop grosse.

Un simple bâtard rouge, voilà ce que je suis, pensa-t-il avec désespoir en baissant la tête. Lorsqu'il la releva, il rencontra les yeux d'Argyre. Ces yeux-là reflétaient une tout autre image. Rasséréné, le garçon se surprit à gronder :

« Je vais graver un autre cliché de moi dans ta rétine, hétaïre! »

Le coryphée s'était installé derrière le bardélêm sacré. Il en pinça la corde basse et la note d'appel emplit l'espace, ronde, sombre, ouverte. Sélèn s'installa devant le mandala.

Posture... Contrôle du souffle... Concentration... Effacement du corps... Méditation... Mutation. Sélèn se dématérialisa et réapparut au centre exact du mandala.

D'une voix pleine d'emphase le coryphée annonça LA SAGA DU ROI DRAGON. Les chœurs entonnèrent le premier chant et le chorège se changea en chimère.

Durant plus d'une heure, de métamorphose en métamorphose, incarnant tour à tour le dragon, le python, le prince, la princesse, la cité du ciel, la cité des abysses, l'océan, le désert, le soleil calme, la foudre et la tempête, le corps de Sélèn raconta la lutte entre Cieux et Ténèbres.

Cette dualité est épuisante, soupira le chorège en recouvrant sa propre dimension. L'épique récit s'achevait dans une salve crépitante d'applaudissements. Sélèn en conçut de l'orgueil et chercha des yeux l'hétaïre. La déception le brûla : la fille avait disparu. L'ivresse du jeune homme s'engloutit dans sa lassitude. La victoire ressemblait à un morceau de cardi rassis : elle s'émiettait entre les doigts.

L'esprit vide, Sélèn regarda le coryphée mettre le feu au mandala. Les traînées de poudre s'enflammèrent en sifflant le long du labyrinthe. Les fumées colorées se mêlaient joliment au-dessus du diagramme. Il ne resta bientôt plus que des cendres éparses qu'un seau d'eau balaya. La chorégie publique était terminée.

★

Chaque fois que le désœuvrement le rendait à lui-même, la belle image méprisante de l'hétaïre envahissait tout son champ de conscience. Sélèn avait lutté pour recouvrer son calme. Rêver à une femme était stérile pour le chorège interdit de pariade. La chasteté était indispensable à son art, Argyre et le coryphée le répétaient assez.

Lorsqu'il devint évident qu'il ne serait pas apaisé avant d'avoir revu la *Jaune*, Sélèn se laissa hanter. Sa réputation avait gagné les salons des *Multis*. En moins d'un cycle, il était devenu l'attraction dominante des fêtes du sixième niveau. Les prêtres avaient trop besoin d'or pour ne pas laisser faire. Sélèn aurait pu refuser de se mettre ainsi à la disposition d'hédonistes mais il *savait* qu'un jour ou l'autre il allait rencontrer l'hétaïre. Ce n'était qu'une question de temps.

Deux cycles à peine s'étaient écoulés et l'hétaïre était là, à trois mètres de lui, affectant de ne pas le voir. Elle agaçait un jeune caracal du bout d'une houssine, escamotant la baguette au moment précis où la gueule de l'animal se refermait dessus et cinglant le museau à petits coups très vifs.

– Etourdissant, n'est-ce pas?

Sélèn sursauta. La scène l'avait absorbé et il n'avait pas remarqué la présence de l'hôte, à ses côtés.

Il détacha ses yeux de la fille et dit dans un murmure, craignant qu'elle n'entende :

– Elle est superbe. Mais que d'ombres dans ses yeux... Quel est son nom?

– Narcisse. Jamais nom ne fut mieux porté. Elle n'aime réellement qu'elle-même... Mais, dites-moi, pouvez-vous commencer? Mes invités s'impatientent. Je vous laisse libre des figures, mais donnez-nous du profane, mon cher. Je suis las du sacré!

Réprimant la vague nauséeuse que soulevait en lui la vulgarité de son hôte, Sélèn haussa les épaules et se dirigea vers l'aire de jeu du petit hémicycle.

Sur les gradins, une douzaine de *Multis* vautrés sur des fourrures s'abandonnaient aux soins de leurs saïs. Le pelage de chaque humanoïde était teint aux couleurs de son maître mais pour un observateur novice, il n'était pas aisé de les différencier. La plupart des *Multis* présents arboraient cinq à six couleurs et ce bariolage créait une nouvelle uniformité.

Le silence qui succéda au brouhaha avait une qualité étrange. L'effort qui l'avait suscité lui donnait une densité propre à favoriser la concentration du chorège. L'hétaïre avait enfin relevé la tête et regardait fixement le jeune homme. Le défi incendiait ses yeux noirs.

« Eh bien soit, je te choisis pour cible, murmura Sélèn, tu seras l'objet de mes métamorphoses. »

Il se concentra sur le mandala de la Ville. C'était son diagramme préféré. Sa passion pour la Ville et ses *voyages* au long de ses flancs lui permettaient une projection tridimensionnelle presque instantanée. Et quant au labyrinthe, il l'avait tant intériorisé que ses lignes étaient comme un circuit imprimé dans sa tête. Il parvint au cœur du mandala et se dématérialisa.

Lorsque les figures à reproduire n'étaient pas trop complexes, Sélèn gardait un haut niveau de conscience. La jouissance qu'il éprouvait à disparaître aux yeux de tous était toujours aussi intense. Personne ne s'accoutume à voir un homme se volatiliser brusquement. L'habitude n'y change rien. Les chorèges eux-mêmes en éprouvaient le choc toujours renouvelé.

Sélèn se rematérialisa sous la forme d'une nuée sombre et bouleversée qui se dirigeait vers la *Jaune* et l'engloutit. Le chorège savait cette expérience effrayante et il savourait l'étreinte qu'il imposait à l'hétaïre. Celle-ci perdit un peu de sa superbe. Les lourdes volutes couleur de plomb l'isolaient dans un néant brumeux et Sélèn ressentait son impression – toute psychologique – d'étouffement. Il jugea suffisant ce coup de semonce et se retira d'elle. Il s'éprouvait tout-puissant.

Quelques exclamations d'étonnement avaient ponctué son exploit. De mémoire de *Multi*, jamais un chorège n'était sorti de son aire scénique.

Un silence stupéfié suivit la nouvelle transformation. Puis des rires fusèrent, preuve que la figure incarnée par Sélèn était bien une caricature efficace de l'hétaïre : front contracté, mâchoires serrées, lèvres pincées et yeux noirs lançant *réellement* des éclairs.

Sélèn sursauta en entendant les notes cristallines d'un rire féminin faire chorus aux rires masculins. Il avait remarqué tout à l'heure que l'hétaïre était l'unique femme de l'assemblée. Il ne put résister au désir de s'en réassurer. Elle était bien seule de son sexe et c'était elle qui riait. Ce sens de l'humour fit plaisir au chorège.

Il s'était déconcentré, la figure de la fille devenait floue. Il s'attacha à la reproduire, mais cette fois sans caricature, le plus finement possible. Des murmures d'admiration accompagnèrent cette élaboration.

Lorsqu'il eut terminé, le chorège entreprit de créer un autre double à l'hétaïre. Un nouvel être ressemblant trait pour trait à la fille surgit du néant. Mais celui-là était nu et de sexe masculin.

Très doucement, il enlaça son alter ego féminin. Les deux figures se brouillèrent comme des statues de cire coulant sous la flamme. Lorsque l'image redevint nette, il ne restait qu'une hétaïre, et son corps nu était hermaphrodite...

Le mutisme subjugué qui avait englouti l'hémicycle saluait plus clairement Sélèn que le tonnerre d'applaudissements qui suivit.

Le chorège réintégra son propre corps avec regret. Cette maudite enveloppe de chair était tellement inférieure aux formes qu'elle pouvait adopter... Il chercha des yeux l'hétaïre et crut avoir été abandonné encore une fois. Mais elle attendait en haut de l'hémicycle. Elle n'applaudissait pas. Son visage s'était vidé de tout son sang. Sélèn sourit. Elle semblait à son tour être devenue mimétique. Ce teint décoloré lui donnait des allures de chorège.

Ses yeux élargis par contraste étaient deux puits sombres et pensifs.

Elle secoua la tête comme pour se défaire d'une image obsédante, fit volte-face, et quitta l'hémicycle.

★

– Ordre et Harmonie.
– Que la couleur soit avec toi.

Aux paroles du rituel d'accueil succédèrent les gestes de bienvenue. La paume droite de Sélèn vint se plaquer contre la joue gauche de Narcisse et ses doigts glissèrent jusqu'aux lèvres.

L'hétaïre avait fermé les yeux en signe de soumission mais elle n'embrassa pas la main du chorège. Lorsque celui-ci l'eut libérée, elle recula jusqu'au fond de la pièce et se laissa tomber sur un divan surchargé de coussins brodés d'or.

Sélèn était resté planté près de la porte et Narcisse le dévisageait d'un air narquois, extrêmement consciente du trouble qu'elle provoquait en lui. Il finit par détourner ses yeux de la fille, furieux contre elle parce qu'elle ne consentait pas à le mettre à l'aise, furieux contre lui-même parce que le seul contact de la joue satinée l'avait bouleversé.

Feignant de se désintéresser d'elle, il se mit à examiner la pièce ovoïde et jaune dans laquelle ils se trouvaient.

Le plafond en avait été surbaissé à l'aide d'un velum blond derrière lequel jouaient des lumières changeantes. Des tentures poilues, laineuses ou cotonneuses recouvraient tous les murs. Des tapis baroques et d'étonnantes fourrures jonchaient le sol. L'impression de cocon qui se dégageait de l'ensemble aurait été étouffante sans l'énorme baie vitrée, ovoïde elle aussi, qui s'ouvrait sur la perspective lointaine et magnifique de la mer argentée. L'absence d'objets inutiles conférait une relative sobriété à la pièce. Sélèn s'étonna de n'y trouver aucune des sculptures sexuelles dont les *Multis* étaient friands.

Lorsqu'il osa reporter son attention sur la fille, il constata qu'elle n'avait pas bougé. Seuls ses yeux avaient changé. Leur expression n'était plus narquoise mais lointaine, infiniment lointaine.

Sélèn se surprit à penser que l'hétaïre s'était muée en statue de pierre et qu'elle avait fui dans une contrée inconnue de tout autre qu'elle, et cette contrée, il ne pourrait jamais l'y rejoindre parce qu'elle n'existait que tout au fond du gouffre de ses yeux.

Alors il parla pour briser l'enchantement.

– Pourquoi m'as-tu demandé de venir?

Elle sursauta comme si l'on brisait son rêve et répéta, pour mieux enregistrer le sens de la phrase :

– Pourquoi t'ai-je demandé de venir?...

Elle resta un instant perplexe avant de le regarder, l'air à nouveau moqueur.

– Est-ce réellement une question?

La bouche de Sélèn se crispa dans une grimace douloureuse. Il détestait qu'on le tournât en ridicule. Bien sûr, il connaissait les motivations de Narcisse. Il l'avait vue changer de couleur lors de sa dernière chorégie privée. L'une des figures – ou leur ensemble? – l'avait profondément marquée.

Il devait se greffer là-dessus la fascination de l'interdit de pariade. L'hétaïre savait que le chorège était amoureux d'elle mais qu'il n'avait pas le droit de s'accoupler. Ou, de ce fait, elle le trouvait peu dangereux, ou le désir pervers de le faire succomber à ses charmes l'avait traversée.

Et maintenant, quoi dire, quoi faire? Les vingt ans de Sélèn étaient vierges de toute relation sexuelle.

Le silence s'épaississait de seconde en seconde. Le chorège tremblait, incapable d'articuler un mot. Finalement, Narcisse se leva. Elle avait neutralisé l'opacité de sa tunique et son corps nu se dessinait derrière le voile évanescent.

Le regard de Sélèn accrocha le sexe blond, suivit la courbe très douce du ventre, s'attarda sur les deux mamelons, glissa sur la gorge, parvint enfin au visage où il se fixa. Les yeux de Narcisse étaient graves. Elle murmura d'une voix un peu rauque :

– Je sais que tu n'as pas d'argent mais si tu me prends à nouveau comme modèle pour ta figure hermaphrodite, je serai à toi aujourd'hui autant que tu voudras.

Sélèn n'eut aucun mal à la satisfaire. Lorsqu'il sortit de sa transe, ce fut pour voir l'hétaïre, à nouveau décolorée par l'émotion, se débarrasser de ses voiles et s'allonger sur le divan.

La vision de cette nudité parfaite lui donna le vertige. Il devint comme fou. Il n'avait jamais rien désiré posséder autant que cette fille. Il la voulait furieusement. Il allait la couvrir, la faire sienne, couler en elle, échanger avec elle cette énergie qu'il sentait battre dans son sexe durci.

Narcisse avait fermé les yeux. Elle ne gémit ni ne bougea lorsqu'il la pénétra. Il tenta quelques caresses maladroites et, comme elle ne réagissait toujours pas, pris d'une sorte de rage, il la secoua violemment.

Telle une poupée de chiffons aux yeux clos, elle

20

se laissa ballotter au gré de la furie du garçon. Une nouvelle fois, elle s'était absentée de son corps.

Sélèn ne voulait pas de ce corps inerte. Il voulait Narcisse tout entière et pénétrer ses yeux en même temps que son sexe. L'idée qu'il était en train de se contenter d'un ersatz lui devint brusquement insupportable. Il se retira d'elle.

Assis au bord du divan, le dos tourné à l'hétaïre, il réussit assez vite à calmer la blessure faite à son amour-propre. Il désirait toujours autant Narcisse et son intuition lui dictait comment procéder.

Concentration, effacement du corps, méditation, mutation. Arrivé au centre du labyrinthe, Sélèn se dématérialisa et revint au jour dans le corps masculinisé de l'hétaïre.

Fascinée, Narcisse avait suivi la transformation. Elle toucha d'une main timide le phallus triomphant de son double et le guida en elle. Cette fois, ses yeux restèrent ouverts jusqu'au moment où le déferlement du plaisir la jeta sur sa rive secrète. Et Sélèn se sentit seul à nouveau. La jouissance à son acmé était d'une telle intensité qu'elle séparait de l'autre. Il n'y avait pas de communion dans l'orgasme.

★

– J'aime la Ville. Je l'aime avec passion, dit Sélèn.

Il y avait du défi dans son ton péremptoire.

– Et moi, je la déteste, murmura Narcisse d'une voix lasse.

– Mais pourquoi? s'exalta le chorège. N'est-elle pas divinement belle?

– Divinement belle, et froide, et injuste, certes...

– Comment peux-tu soutenir cela?

– Je ne comprends pas ton indignation. Es-tu aveugle à ce point? Tu es né chez les *Rouges*, as-tu envie d'y retourner? Ne vois-tu pas que la structure même de notre espace urbain favorise la ségrégation?

– Et c'est toi qui te plains! Toi qui es presque en haut de la pyramide!

– Je ne suis qu'un jouet entre les mains des privilégiés. Ils me gardent près d'eux tant que je peux les servir mais ils n'hésiteront pas à me jeter en bas si je leur déplais ou lorsqu'ils me trouveront trop usée.

– Je n'ai jamais entendu dire qu'une hétaïre âgée ait été rétrogradée de couleur.

– « Rétrogradée! » Tu as de la hiérarchie plein la bouche. Tu t'en gargarises parce que tu es tout en haut. Même le Hiérarque s'incline devant ton talent. Mais tes frères rouges, penses-tu à eux quelquefois? Cela t'effleure-t-il, simplement?

– J'étais *Rouge* et je suis devenu *Blanc*. Mes « frères rouges », comme tu dis, ont eu leur chance, tout comme moi. Au lieu de travailler pour essayer de s'en sortir, ils préféraient torturer les gosses un peu différents d'eux. Crois-moi, si leur sort est inférieur, ils ne l'ont pas volé.

– Comment es-tu devenu chorège?

– Je ne suis pas beau. Lorsque j'étais petit, la disproportion entre mon corps et ma tête était encore pire. J'avais beau ne sortir que la nuit, j'étais tout de même la cible du voisinage. Sans cela, peut-être n'aurais-je jamais commencé à jouer avec mes molécules. Modifier mon corps, c'était une question de vie ou de mort. C'est peut-être grâce à mes tortionnaires que je suis chorège aujourd'hui.

22

Les yeux agrandis, le regard absent, Narcisse fixait un point imaginaire. Chaque fois qu'elle s'éloignait ainsi de lui, Sélèn éprouvait un pincement au cœur; la jalousie l'étreignait. Une fois de plus, il ne put s'empêcher d'interroger :

– A quoi penses-tu?

– A rien.

– Menteuse!

– Je n'ai pas envie d'en parler. Sélèn, pourquoi cherches-tu toujours à me convaincre?

– Je suis malheureux quand nous ne sommes pas d'accord. Je voudrais tant te comprendre, tout savoir de toi.

– Tu m'aimes trop, Sélèn. Et mal. Tu es trop sensible et trop dépendant de moi. Tu vas souffrir, c'est inévitable.

– Narcisse, es-tu en train de dire que tu ne m'aimes plus?

– Non. Je t'aime, d'une certaine façon. Parce que tu m'as fait découvrir une dimension amoureuse que je ne soupçonnais pas. Mais tu es trop absolu. J'ai peur de toi.

L'hétaïre avait parlé sans regarder Sélèn. Le silence de celui-ci l'étonna et elle releva la tête. Le chorège souriait. Narcisse constata, non sans malaise, que ce sourire s'élargissait, n'en finissait pas de s'élargir. Il ne resta bientôt plus rien du visage de Sélèn. Les cheveux blancs subsistèrent un instant, couronne obscène au-dessus du rose de la bouche qui grossissait toujours, puis ils disparurent à leur tour.

Narcisse se mit à rire. Cet être filiforme surmonté d'une muqueuse sardonique était d'un comique irrésistible.

Comme grignoté de l'intérieur, le corps s'effaça, parcelle après parcelle. Le cou d'abord, puis les épaules, les bras, le torse, et enfin, d'un seul grand coup de gomme, le bassin et les jambes.

Narcisse frissonna. Il ne restait plus que la bouche, suspendue dans le vide, énorme sourire carnivore qui s'apprêtait – c'était une certitude que lui dictaient tous ses sens – à l'avaler...

Lorsque la bouche ne fut plus qu'à cinquante centimètres d'elle, Narcisse ferma les yeux. Elle ressentit le choc des muqueuses douces, humides, élastiques. Elle fut soulevée, roulée, malaxée, mastiquée. Elle devint flux. Les poissons brûlants du plaisir fouaillaient les plus petits méandres de sa chair. Chaque atome de son corps était activé par une langue inlassable. La moindre parcelle de son être s'érotisait dans une flambée sauvage avant de se dissoudre. Bientôt, elle fut sans poids, sans durée, sans limites. Son être se dilatait à l'infini. La liberté absolue mais curieusement circonscrite... Paradoxe? Pouvait-on à ce point être saisi et demeurer insaisissable?

L'étau d'un lacis fin et dur se resserrant tout autour d'elle lui fit recouvrer son corps et sa conscience et lui permit de mesurer à quel point Sélèn s'était jusque-là contrôlé et combien son désir de l'investir davantage le brûlait.

Elle avait si fort le sentiment qu'il avait tranché le nœud gordien de ses tensions qu'elle ne put s'opposer à son étreinte. Elle s'éprouvait très molle, comme si le ressort qui la propulsait s'était totalement détendu. Elle resta quelques instants privée de réactions.

Alors, elle sentit l'Autre en elle... qui la morcelait,

qui la taillait, qui l'éloignait d'elle-même, qui la rendait Autre, Etrangère. Elle se mit à hurler, expulsant – vomissant la présence de Sélèn. Et lorsqu'il l'eut quittée, elle s'écroula sur le sol, convulsée de sanglots, essayant aveuglément de rassembler les morceaux de son Moi désintégré.

Un silence oppressant s'appesantit entre eux. L'air semblait avoir changé de densité. Il était lourd, collant, chargé d'ions négatifs.

Forme obscure, Sélèn s'était retiré dans l'angle le plus éloigné de la pièce. Le choc de cette fragilité révélée l'avait laissé sans forces, anéanti, dévoré par la culpabilité. Il fut tenté de fuir mais se domina. Narcisse avait besoin de lui.

Il se rematérialisa derrière elle et appuya le majeur de sa main droite à la base du crâne de la jeune femme, sous la couronne défaite des cheveux d'or pâle.

Un instant plus tard, Narcisse se relevait, calmée, les yeux gonflés mais secs, les traits impassibles et durcis. Et Sélèn se laissait absorber une nouvelle fois par ce visage dont il savait désormais qu'il était un masque.

– Pardonne-moi, implora-t-il. Je n'ai pas pu m'en empêcher. J'avais un tel désir de t'appréhender un peu mieux...

– Ne refais jamais ça... Ou je refuserai de te voir. Je te dénie le droit de grappiller la plus petite miette de ma liberté. Et reste flou, s'il te plaît, tes yeux me font peur. J'ai l'impression qu'ils vont me dévorer vivante. Voilà ce que tu as gagné à ce petit jeu.

Sélèn s'exécuta, la mort dans l'âme, mais il ne put s'empêcher de récriminer :

– Tu n'aimes que ton image dans le miroir, Narcisse. Ta beauté est la seule chose qui te rassure. Mais la mort est dans tes yeux et ta détresse chuchote à mon oreille. Je l'entends dans ton rire, dans tes phrases trop sûres, dans le silence de ton regard opaque. Tu marches au-dessus d'un gouffre, Narcisse, et un jour la tempête secouera trop fort la corde où se joue ton numéro de funambule. Tu n'as pas l'habitude de la chute, hétaïre. Je crois que tu n'aimeras pas ça du tout. Pourquoi ne me laisses-tu pas t'aider ?

Narcisse exhala un feulement énervé et se rassembla sur elle-même comme une chatte prête au combat.

– Je ne crois pas que tu puisses m'aider davantage que tu le fais en acceptant d'incarner mon double. Je ne souhaite ni ne désire plus, pour le moment. J'ai conscience de mon égoïsme mais tu dois me laisser le temps de m'apprivoiser. Je ne suis pas prête à accepter la domination d'un homme.

★

Narcisse ne s'était pas apprivoisée. Sélèn l'avait aimée aveuglément pendant plus de deux cycles, refusant de se poser la moindre question sur elle ou sur son art.

L'éloignement récent de l'hétaïre avait déchiré l'écran qui voilait sa conscience. Sélèn n'arrivait plus à trouver la concentration nécessaire aux moindres figures d'une chorégie. Cette impuissance lui était d'autant plus insupportable qu'elle s'accompagnait d'un abandon.

Sélèn ne dormait plus. Les mains fébriles et le regard absent, il arpentait chaque nuit les salles immenses du temple. Au lever du jour, il se nichait dans les recoins les plus sombres comme s'il ne pouvait supporter le retour de la lumière.

Ce matin-là, il était en quête d'une nouvelle retraite lorsque, reconnaissant la silhouette familière de son ami, il ne put s'empêcher de l'interpeller :

– Perle! J'ai besoin de toi. Il faut que tu m'aides.

– Volontiers, Sélèn. Je suis à ton service où tu veux, quand tu veux... On ne refuse rien au pape des chorèges!

– Justement. J'ai bien peur de n'être plus le pape. Arrête de rire, ce n'est vraiment pas drôle, je suis désespéré. Es-tu libre tout de suite?

– Oui. A condition que tu m'expliques ce qui t'arrive.

– Je pense que ça se passe de commentaire. Tu vas comprendre tout seul. Donne-moi une figure à reproduire.

– Eh bien, je ne sais pas, moi... Le roi Dragon?

L'heure encore matinale rendait déserte l'immense salle où les coryphées entraînaient les chorèges. Sous chacune des lourdes arches qui soutenaient la voûte était peint l'un des diagrammes d'initiation. Interloqué, Perle vit son ami se diriger vers le mandala de la saga du roi Dragon et ne put retenir une exclamation :

– Mais tu n'as pas besoin du support image, d'habitude! Ces diagrammes, tu les connais par cœur!

– Plus rien n'est comme d'habitude. Comprends-moi bien, Perle, je n'ai pas plus oublié le mandala de cette saga qu'aucun des autres... mais lorsque je me concentre, c'est un visage qui m'apparaît à la place du diagramme, un beau visage safrané qui m'ensorcelle et me fait chavirer la tête.

– Il faut te faire exorciser!

– Enfant! On n'exorcise que ses fantômes. Pas la réalité.

– Tu ne veux pas dire...

– Si, c'est exactement ce que je veux dire. Laisse-moi me concentrer, maintenant.

Les yeux exorbités par un mélange confus de peur-admiration-fascination, Perle regardait Sélèn. La peau de celui-ci avait viré à l'écarlate tant était grand son effort. Ses contours devinrent vagues mais le chorège ne parvint pas à la transparence. Au bout d'un long moment, il cessa de lutter et, redevenu net, il interrogea son ami :

– Rien de rien, n'est-ce pas?

Perle se contenta d'acquiescer. Sa gorge était nouée.

Le dos voûté, la tête pendant sur la poitrine comme emportée par son propre poids, Sélèn avait la posture d'un vaincu. Il murmura d'une voix lasse :

– J'en étais sûr.

– Par le chaos, tu te laisses abattre un peu vite! Abandonnons le codifié. Essaie une figure libre.

– Ça ne servira à rien, crois-moi.

Sélèn avait vu juste. Il ne réussit même pas à reproduire la gamme des couleurs qui était à la base de leur initiation. A bout de ressources, Perle dit d'une voix presque agressive :

– Comment as-tu pu régresser à ce point? Ne me dis pas que ce sont tes *voyages* qui ont provoqué une telle destructuration!

– C'est un *voyage*, pourtant. Un merveilleux voyage dans l'inconnu de l'amour d'une femme...

– Dieux! Tu as transgressé l'interdit de pariade?

– Et maintenant, elle me repousse. Maintenant que je ne peux plus faire semblant d'être son double. Maintenant que ma laideur n'est plus transcendée par mon art. Et moi qui croyais qu'elle m'aimait quand elle n'aimait qu'une image d'elle-même. Sélèn tout seul n'intéresse pas Narcisse. Pire, il la dégoûte!

– Que vas-tu faire? demanda Perle pour endiguer ce flot d'amertume.

– Depuis dix jours, je joue à cache-cache avec le coryphée. Mais aujourd'hui, je suis convoqué chez Argyre. Je sais trop bien ce qui va se passer. Je ne m'y rendrai pas. De toute façon, je n'ai plus d'illusions. Ils vont me renvoyer.

★

Sélèn fuyait. Il avait « emprunté » l'une des nacelles du temple pour ne pas avoir à affronter la foule des puits antigrav, seul transport gratuit et donc toujours encombré. Pourtant, même sans carte de crédit, il aurait pu utiliser un toboggan – les chorèges pouvaient circuler partout sans se souiller par des transactions commerciales – mais il ne se sentait plus chorège et l'idée de resquiller lui répugnait. Voler lui semblait plus franc, et il ressentait une jouissance morbide à se conduire en hors-la-loi.

La nacelle planait le long des strates de la Ville, mais Sélèn était trop absorbé par ses pensées pour profiter comme à l'accoutumée de l'exquise harmonie des couleurs. Il se sentait sec, tari, stérilisé. Il avait vécu trois cycles dans l'illusion de l'amour partagé. Cet éblouissement sans cesse renouvelé l'avait aveuglé sur le déclin de son art. Narcisse, elle, avait vu clair. Elle avait rassemblé les dernières miettes du talent de Sélèn et s'en était repue avec d'autant plus d'avidité qu'elle prévoyait la fin. Et maintenant qu'elle savait ne plus rien pouvoir extirper du chorège, elle refusait de le voir.

Sélèn réalisait trop tard que Narcisse ne l'avait jamais aimé. Pire, elle n'avait cessé de lui dire qu'il ne devait rien attendre d'elle. Il était resté sourd à ces paroles, refusant d'entendre une vérité aussi blessante. Le feu le consumait quand il pensait en être maître. Et maintenant, il n'était plus que cendres. Il avait cru posséder Narcisse. Quelle folie! Personne n'appartient à personne. La seule dimension qu'un être humain détienne en propre, c'est sa mort. Sélèn appartenait à sa mort comme sa mort lui appartenait. Il en aurait à jamais l'exclusivité. Et si l'amour était un rapport de possession, alors on ne pouvait être amoureux que de sa mort...

Sélèn arrêta la course de la nacelle au niveau des *Rouges*. Planant à petite vitesse au-dessus du camaïeu des toits, il ne tarda pas à retrouver le parc d'agrément qui avait enchanté tant d'heures nocturnes de son enfance avant le meurtre de sa mère.

Toujours aussi bien entretenue, la végétation foisonnait. Le gazon écarlate incitait aux roulades et la mousse cramoisie sous les arbres appelait le roucoulement des amoureux. En passant au ras d'un noisetier pourpre, Sélèn arracha quelques fruits accrochés trop haut pour les mains et les gaules des gosses. Il se surprit à rire au souvenir lointain de ses jeux sous cet arbre lorsque, s'imaginant au Pays des Merveilles, il suspendait son sourire dans le vide et se reconstituait chat autour de ce sourire, chat de légende avec des bottes, d'immenses moustaches et des yeux pers...

Luttant contre l'attendrissement, Sélèn réactiva la nacelle et parvint enfin au pied de la cité. Les taudis des parias décolorés par le Hiérarque et déchus de tous droits s'adossaient à la muraille. Sélèn savait que s'il abandonnait ici la nacelle, les *Sancous* s'en empareraient, mais cette perspective le réjouissait. Sans doute avait-il besoin de faire payer sa défaite à quelque chose à défaut de quelqu'un?

Il mit pied à terre et s'enfonça dans la boue. Les pluies d'automne avaient détrempé le sol et il devait disputer chacun de ses pas à la succion vorace de l'argile. Peu accoutumé à l'effort, il fut vite épuisé, mais avec obstination, il continua d'avancer.

Parvenu au sommet d'un petit mamelon, il buta sur une pierre masquée par une flaque, perdit l'équilibre et roula jusqu'au bas de la pente où une mare l'engloutit.

C'est une statue de boue qui émergea des eaux sales. Incrédule, Sélèn contempla la gangue rouge qui recouvrait son corps, uniformément. Un *Rouge*, tel était le message de la terre, un *Rouge*, voilà ce qu'il était.

Dans un hurlement de révolte, il arracha sa tunique pour retrouver la couleur blanche de son corps, mais le liquide avait imprégné sa peau jusque sous ses vêtements.

« Mais je ne veux pas! » murmura-t-il avec désespoir. Puis il se mit à crier : « Je n'irai pas! Je ne retournerai pas chez les *Rouges*! Je préfère encore n'être plus rien du tout. »

Et il courut droit devant lui, ses pleurs creusant des méandres clairs le long de ses joues rougies.

La mer l'accueillit dans un jaillissement d'écume scintillante.

« Pourquoi sommes-nous voués à être assassinés? » sanglota le chorège.

Les flots le recouvrirent.

★

– Vous avez pris un risque, Argyre. Nous l'avons récupéré in extremis. Il était inconscient et sur le point de se noyer.

– Etait-il déjà flou?

– Oui. Autrement nous l'aurions trouvé tout de suite. Nous n'étions qu'à dix mètres lorsqu'il s'est laissé submerger.

– Perte des limites de l'identité au moment de l'immersion marine, avouez, mon cher Neel, que tout ceci est très positif.

– C'est un point de vue. Le malheureux est complètement destructuré.

– Nous avons de quoi le réunifier en l'aidant à trouver cette voie de l'androgyne qu'il n'a fait jusqu'ici que pressentir avec génie. Il va bientôt comprendre comment se dédoubler pour faire l'amour à son propre corps. Alors, il se sentira vraiment dieu...

– Argyre, puis-je vous demander quelque chose?

– Je vous en prie.

– Cette intolérable souffrance que vous lui avez infligée en ne vous opposant pas à ce qu'il retrouve cette fille, était-ce bien nécessaire?

– Mon cher Neel, vous semblez oublier à quel

point il serait dangereux que Sélèn découvre son potentiel réel. L'équilibre même de la Ville pourrait être remis en jeu. En infligeant à notre ami le traumatisme de l'amour déçu, nous nous sommes donné un pouvoir sur lui. Croyez-moi, c'est une soupape dont j'espère n'avoir jamais à me servir.

– Le meurtre de sa mère, c'était aussi pour cette raison?

– Ne soyez pas amer, Neel. Cette femme n'aurait jamais aidé son fils à devenir chorège et le don de Sélèn ne se serait pas épanoui. Entre la vie d'une putain et l'art d'un chorège, le choix était facile à faire, vous en conviendrez avec moi.

★

Je suis une ombre. Je me dilate et me rétracte à l'infini. Ombre parmi les ombres, je flotte dans l'obscurité. Hier, je me suis noyé, mais la mort n'a pas voulu de moi. Je mange mes paroles, je mâche mes pensées, leur venin fait enfler ma langue. Je suis suspendu à ma soif. Cette soif qui ne s'apaisera jamais plus.

Au plus noir de la nuit, le regard barbelé de l'hétaïre taille encore son chemin vers mon cœur. Je n'ose plus respirer. Chacune de mes inspirations me déchire. J'ai joué et j'ai tout perdu, mon amour et mon art. Pourquoi même ma mort m'a-t-elle abandonné?

2

Dans le soir d'or, l'hydre de l'ombre vient dans ma chambre. Ses têtes sont bleues, brunes et noires, elles ont l'haleine poussiéreuse et des yeux charbonneux. Quand j'étais petite, je tentais d'aveugler ces regards, de museler ces bouches, je tranchais en vain dans des masses impalpables, toujours l'hydre se reformait. Depuis j'en ai fait mon amie et, lorsqu'elle s'embusque pour m'effrayer, je force mon rire à dominer mes cris.

Ce soir, elle peut montrer les crocs, je suis plus forte qu'elle. J'ai eu treize ans aujourd'hui.

J'ai cru que la cérémonie d'Intro ne finirait jamais. Par le Chaos, que ce prêtre était lent et pompeux! Je tremblais lorsque le hiérophante s'est avancé vers moi, la main droite serrée sur la capsule colorante. Je me suis agenouillée pour cette communion sacrée qu'il m'était interdit de refuser, la gorge contractée à l'idée qu'elle ne correspondrait peut-être pas à mes vœux. Mais, tandis que ma salive dissolvait l'âcre poudre chimique, les mots du prêtre ont claironné à mes oreilles :

– La Couleur t'a choisie, petite. C'est le Jaune qui t'est échu. Tu seras hétaïre, comme ta mère.

Avec un sourire de triomphe, je me suis retournée vers maman. L'horreur que j'ai lue dans ses yeux m'était incompréhensible. C'était comme si je venais de me changer en monstre. Elle a dit d'une voix blanche :

— Si ma fille doit devenir hétaïre, je souhaite que son nom soit Narcisse.

Il n'y a pas eu d'objection. Alors, comme si elle avait accompli sa tâche et qu'elle n'avait plus rien à faire au sein de cette assemblée, maman s'est évanouie...

Ce soir, une fête est donnée en mon honneur. La robe que l'on vient de m'apporter est vraiment transparente. Que vont dire mes amis ?

Peu m'importe, au fond. Cette nuit, je suis la reine. J'ai joué discrètement des fards mis à ma disposition et je suis fière de mon reflet dans le miroir.

Le temps me semble long. La cloche ne va-t-elle pas sonner ? Peut-être m'a-t-on appelée et n'ai-je pas entendu ? Je descends. Je n'en peux plus d'impatience. Un jour pareil, maman ne me punira pas d'avoir désobéi...

Où sont tous mes amis ? Je ne vois que maman qui crie contre un *Multi*. Mais... elle parle de moi ?

— Je ne voulais pas qu'elle soit hétaïre. Je préférerais encore la savoir chez les *Rouges*, perdue à tout jamais pour moi. Tu m'avais promis d'intervenir. Pourquoi n'as-tu rien fait ?

— Ma chère Aurélie, nous n'allions tout de même pas nous priver d'un aussi joli minois à cause de tes caprices !

— Monstre ! Pourquoi m'as-tu bercée d'espoirs ?

— Eh bien, cela me semble évident. Ne m'as-tu pas donné beaucoup plus que ton corps, ces dernières semaines ? Je te payerai ces faveurs en heures supplémentaires, si tu veux. Franchement, Aurélie, je ne te comprends pas. Pour une femme, le métier d'hétaïre est au sommet de l'échelon social. La plupart des *Multis* préfèrent leur compagnie à celle des femelles de leur caste. De quoi te plains-tu?

Maman s'est détournée. Elle serre les poings avec tant de rage que ses articulations semblent sur le point de rompre. Elle relève la tête et me voit.

– Narcisse? Que fais-tu là? La cloche n'a pas sonné!

Le *Multi* s'interpose. Ses yeux brillent étrangement. Il parle, et je ne peux détacher mon regard de ses lèvres épaisses.

– Allons, tu ne vas pas la renvoyer un soir comme celui-là. C'est sa fête, après tout.

Maman dévisage le *Multi*. Longtemps. Mal à l'aise, l'homme baisse les yeux. Le visage de ma mère me fait peur. Il est changé, couvert d'un masque de pierre. Et de ce bloc dur tombent quelques mots, ronds et froids comme des galets.

– Soit. Je sais ce que tu veux. Je crois que je l'ai toujours su. Elle est à toi.

Fugitive, une lueur de pitié éclaire les yeux de maman tandis qu'elle m'ordonne:

– Déshabille-toi.

Il ne me vient pas à l'idée que je puisse refuser. J'enlève ma robe. J'ai l'impression que la température de la pièce vient soudain de chuter de plusieurs degrés. Je tremble et j'ai la chair de poule. Le regard du *Multi* glisse sur moi. Limace. Ses mains me touchent. De la glu. Je mords mes lèvres pour ne pas hurler. J'ai envie de vomir et tellement honte que je voudrais disparaître dans le plancher. Il m'allonge sur le divan. Ses mains écartent mes jambes...

Alors, je trouve la force de crier :

– Maman, maman, je ne veux pas!

La bouche de ma mère réprime une grimace mais ses yeux demeurent impitoyables.

– Tu voulais être hétaïre, n'est-ce pas? demande-t-elle.

J'acquiesce en sanglotant.

– Eh bien, tu l'es, maintenant. Et cela implique que tu te soumettes au désir des hommes.

De sa bouche molle, le *Multi* bâillonne mes lèvres serrées. Je me tords comme une anguille mais son corps lourd et puissant m'immobilise. A l'intérieur de moi, quelque chose se déchire.

Je hurle et mords tout ce que mes dents rencontrent. Et lorsque le *Multi* secoué de spasmes se met à hurler à son tour, je crois d'abord que ses cris sont fruits de mes morsures. Mais il s'affaisse sur moi et reste inanimé tandis qu'un liquide chaud et poisseux commence à couler sur ma peau. Alors les larmes cessent de m'aveugler et je vois tout ce sang... tout ce sang répandu, et ma mère, le visage convulsé par un rictus de haine, ma mère qui brandit un fin stylet sanglant, et qui se met à rire d'un rire énorme et hystérique alors qu'à demi étouffée par mes propres vomissures, je tente de m'arracher à l'étreinte sexuelle d'un cadavre.

Narcisse émergea de son cauchemar comme d'une mer déchaînée où elle aurait été en train de se noyer. En reconnaissant l'environnement familier de sa loge, elle s'assit et, croisant les bras sur sa poitrine, chacune de ses mains blottie sous une aisselle, elle essaya d'arrêter de trembler.

L'horrible souvenir revenait la hanter nuit après nuit depuis qu'elle avait renvoyé le chorège. Signe de culpabilité? Et envers qui? Sa mère, parce qu'un homme avait fait découvrir le plaisir à sa fille, si bien rendue frigide par ses soins?... Mais Aurélie était morte depuis longtemps, exécutée par la justice de cette Ville maudite, et, de toute façon, Narcisse lui avait sacrifié le garçon.

Mais qu'avait-elle sacrifié, en fait? Elle n'avait jamais aimé Sélèn. Elle n'aimait que ce double d'elle-même que l'art du chorège lui permettait de matérialiser. Aurélie aurait été contente de voir l'incapacité de sa fille à se satisfaire en dehors d'une relation narcissique... N'était-ce pas la négation totale du partenaire masculin?

L'objet de sa culpabilité n'était donc pas sa mère mais bel et bien Sélèn. En s'avouant fascinée par lui, Narcisse avait limité les risques. Elle savait que l'aventure serait courte. L'interdit de pariade ne pouvait jouer que dans ce sens. Au pire, l'accouplement aurait un effet néfaste sur l'art du chorège et les prêtres s'empresseraient de récupérer ce dernier, de peur qu'il ne leur échappât. Dans les deux cas, Narcisse serait débarrassée du garçon.

Elle n'avait pas prévu qu'il s'enticherait d'elle à ce point. La séparation avait été très pénible. Sélèn eût-il été moins laid, Narcisse aurait eu l'impression d'être moins cruelle. En rejetant cet être hydrocéphale, elle avait le sentiment de se conduire comme la Ville qui expulsait hors de son giron tout ce qui ne cadrait pas avec son idéal d'ordre et d'harmonie.

Pour la centième fois, Narcisse se demanda ce qu'était devenu le chorège – l'avait-elle réellement détruit? – puis elle se secoua. Les remords étaient stériles. Qu'était devenue la belle santé de son égoïsme habituel?

Sachant qu'elle ne parviendrait pas à se rendormir, elle s'arracha au duveteux cocon de nuit, activa le bloc de cuisson de la loge et entreprit l'élaboration d'une infusion de tsadi. Elle n'aimait pas beaucoup se servir de cet alcaloïde, mais il était tout-puissant contre cauchemars et insomnies...

★

Narcisse étendit un bras pour arrêter le carillon de réveil et s'étira dans le cocon. Elle se sentait bien. C'était un des effets secondaires du tsadi et d'habitude elle s'en méfiait comme de la peste mais, une fois n'est pas coutume, l'euphorisant était le bienvenu.

Elle roula sur elle-même pour atteindre la console à sa gauche et appuya sur les touches. Les volets coulissèrent et le soleil inonda la pièce. Le thermomètre indiquait dix-huit degrés extérieur, dix-sept intérieur. Narcisse n'aimait pas dormir dans une atmosphère surchauffée. Elle remonta le thermostat à vingt-deux degrés et, histoire de se dégourdir les doigts, tapa sa commande de petit déjeuner sur le clavier du terminal au lieu de vocaliser dans le micro du tableau de bord. Elle détestait les intonations sirupeuses de l'Ordinateur et limitait au minimum leurs échanges vocaux.

Plutôt que d'avaler en guise d'apéritif la bouillie prédigérée de la tridi, Narcisse préféra s'accorder quelques instants de grâce. Dans cinq minutes, la pièce serait chaude et le monte-charge aurait acheminé son petit déjeuner. En attendant, autant réfléchir à la façon dont elle allait s'habiller. Elle était invitée tout à l'heure chez le Tigre, un *Multi* dont l'étrange conduite la déroutait tellement qu'elle éprouvait chaque fois le besoin de redoubler le jeu de la parade vestimentaire. Ses habits fonctionnaient alors comme une armure qui l'aidait à se sentir sûre d'elle et la rendait effectivement moins vulnérable.

Elle n'aimait aucun homme mais elle les voulait tous. Qu'un seul lui échappât et sa belle assurance filait comme de l'eau entre ses doigts. Elle cessait d'être chasseur pour devenir gibier. Cette situation, qui mettait son orgueil à dure épreuve, s'était raréfiée au fil des ans. Les hommes étaient dans l'ensemble une engeance imbécile. Narcisse excellait dans l'art de les persuader qu'ils étaient les maîtres alors qu'elle les menait par le bout du nez. Elle se représentait chacun d'eux avec un anneau perforant les narines, étalon balourd qu'elle conduisait au plaisir en tirant à son gré sur la chaîne attachée à l'anneau. Lorsqu'elle ne supportait plus les passes sexuelles que lui imposaient ses partenaires, elle leur pinçait le dessous du nez. Ce geste anodin et en apparence câlin provoquait chaque fois un éclat de rire intérieur qui lui permettait d'en supporter davantage.

Le Tigre la mettait mal à l'aise parce qu'il ne se conduisait pas comme les autres *Multis*. Ceux-ci pouvaient être charmants, raffinés, spirituels, mais à l'heure de la pariade, c'étaient des bêtes en rut. Narcisse n'avait pas vu le Tigre en rut pour la bonne raison qu'il ne s'était pas apparié avec elle. Jusqu'à maintenant, il s'était contenté de la jauger, en fermant à moitié ses petits yeux qui semblaient vouloir pénétrer jusqu'à l'âme. Au début, elle s'était flattée de cet intérêt inhabituel de la part d'un *Multi*. Mais après six visites vécues dans la plus absolue chasteté, elle se demandait quoi penser.

Lorsque la sonnerie du monte-charge retentit, Narcisse se résolut à émerger du cocon. Délivré de son occupante, celui-ci se réduisit à la taille d'un oreiller et prit place parmi les coussins du divan.

Elle déjeuna rapidement d'une tranche de cardi dégoulinant de miel, de citron confit et d'une infusion jaune insipide. Elle avait commandé un thé citron mais l'heure tardive devait être responsable d'une rupture de stock. Cette fois-ci, elle se servit du micro pour injurier l'ordinateur, tout en se demandant vaguement s'il ne lui avait pas retourné un plateau inexact pour la punir de refuser le dialogue... Elle se surprit à sourire : les machines douées de conscience appartenaient encore à la littérature!

Passant dans son cabinet de soins, elle s'infligea une douche froide, se sécha rapidement et, après un bref passage aux infrarouges pour dilater ses pores, entreprit de recouvrir sa peau de Pygmental.

La besogne n'était pas facile; l'aide d'un saï aurait été la bienvenue. Jusque-là, Narcisse s'était refusée à louer les services d'un des discrets humanoïdes. Leur prix, prohibitif pour un *Rouge*, ne l'était pas pour l'hétaïre mais celle-ci avouait sans ambages sa répugnance devant leur apparence. Etaient-ils trop ou pas assez humains, elle n'aurait su le dire, mais ils la mettaient mal à l'aise. Pourtant, depuis qu'à la suite de bruits alarmistes sur de probables effets mutagènes elle avait cessé d'ingérer quotidiennement sa capsule colorante, un saï aurait été utile pour lui enduire le dos de la pommade photosensible.

Après une ultime contorsion et un coup d'œil à son miroir panoramique, Narcisse jugea qu'elle s'était acquittée correctement de sa tâche. Sortant sur sa terrasse, elle escalada les quelques marches qui conduisaient à son toit solarium.

Le petit cirque de miroirs s'orientait en fonction du soleil et variait de la réverbération absolue jusqu'à l'absorption complète des radiations lumineuses. Ainsi l'hétaïre pouvait-elle choisir d'intensifier ou de réduire la coloration de sa peau. Lorsque les conditions météorologiques n'étaient pas réunies pour une bonne imprégnation des pigments photosensibles, un dôme venait couvrir le toit et un système de rayons ultraviolets relayait l'irradiation solaire.

Le soleil était exceptionnellement chaud pour la saison. Narcisse fit les réglages et s'installa sur la couche dressée au point de convergence du rayonnement. Plus immobile qu'un lézard, elle abandonna son corps à la caresse brûlante. C'était le moment de la journée qu'elle préférait. Elle détestait tout ce qui l'en privait, pluie, brouillard, hiver, qui la forçaient à recourir à l'expédient des UV.

Une demi-heure plus tard, ivre de chaleur, elle repassait sous la douche et regardait avec amusement son épiderme se resserrer comme une peau de chagrin sous l'eau froide. La voix mélodieuse du bloc-mémoire lui rappela son rendez-vous avec le Tigre. Il lui restait moins d'une heure pour se rendre au niveau supérieur.

Après être passée sous le diffuseur à parfums et avoir laissé aux microcapsules hydratantes la minute nécessaire à leur éclosion sur sa peau, elle s'habilla en vitesse, se félicitant d'y avoir réfléchi au réveil.

Elle avait choisi la sophistication pour le corps avec une combinaison brodée d'or qui la moulait comme une seconde peau, et le naturel pour la tête laissée sans maquillage, crinière bouclée juste plantée de trois sanguiflors. Narcisse savourait avec délices l'effet que ces fleurs carnivores produisaient sur son entourage. On la regardait avec un mélange d'horreur et d'incrédulité mais elle savait qu'elle aurait bientôt lancé une nouvelle mode. Les fleurs se fixaient sur la peau grâce à des crocs minuscules. Elles s'y déployaient dans tout l'éclat de leur luminescence, en mouvement perpétuel vers les sources de lumière car elles étaient phototropes, et tout cela moyennant une minuscule ponction du sang de leur hôte. Encore marqués par le tabou du vampirisme, les spectateurs trouvaient cette succion répugnante. Cela ne durerait pas. On pouvait en juger à leurs yeux fascinés.

Si le tube qui desservait horizontalement chacune des strates de la cité était ultra-rapide, il n'en était pas de même pour les vertilignes. Narcisse attendit un bon quart d'heure sa correspondance pour l'étage supérieur. Elle aurait pu emprunter l'un des puits ascensionnels – ils avaient en plus de leur fonctionnement permanent le fait d'être gratuits –, mais ils lui donnaient le vertige et le temps passé à s'en remettre ne compensait pas le temps gagné en usant malgré tout de ce moyen de transport.

Cette attente lui permit de se concentrer sur la situation qu'elle allait affronter. Elle avait décidé de ne pas supporter davantage l'expectative dans laquelle la maintenait le *Multi*. Elle lui poserait d'emblée la question qu'il avait jusqu'ici laissée sans réponse et, s'il la renvoyait pour insolence, tant pis... ou même, tant mieux. Elle refusait d'être plus longtemps le jouet des caprices d'un homme.

Elle était en retard et lorsqu'elle parvint au palais du Tigre, celui-ci l'attendait. Il fit une grimace en découvrant les sanguiflors dans les cheveux de l'hétaïre et s'exclama :

– Petite masochiste, tu as encore sacrifié à ces horreurs!

– Ne sont-elles pas magnifiques, ces horreurs? répliqua Narcisse sans se laisser démonter.

– Horriblement magnifiques, j'en conviens. Mais entre, installe-toi. Que vais-je t'offrir à boire?

– Avant tout, je voudrais savoir une chose.

– Oui?

– Avez-vous l'intention de vous apparier avec moi?

– Dois-je vraiment te répondre?

– Si vous ne répondez pas, je m'en vais.

– Je paye pour ta présence. Que te faut-il de plus?

– Pourquoi me faites-vous venir si vous ne couchez pas avec moi?

– Parce que j'apprécie ta compagnie.

– Vous ne me ferez pas croire ça.

– Tu as une bien médiocre opinion de toi-même. C'est un tort. J'apprécie réellement ta compagnie. Pourtant, je reconnais que ce n'est pas tout.

– Alors?

– Tu n'es jamais allée raconter que je ne couchais pas avec toi, n'est-ce pas?

– Non.

– J'en étais sûr. Tu es bien trop orgueilleuse. Personne ne doit penser qu'on puisse te résister. Je me trompe? Si j'en juge par ce regard meurtrier, je ne dois pas être loin de la vérité!

– Si vous en veniez au fait?

– Tout de suite, ma belle. Vois-tu, si tu viens chez moi, en l'absence de preuves du contraire, mes bons amis *Multis* – et par voie de conséquence, les prêtres –, pensent que c'est pour me faire l'amour. Tu me sers donc de couverture.

– Mais pourquoi?

– Disons que je suis impuissant.

– Impuissant? Pourquoi vous en cacher? Beaucoup d'hommes le sont. Ce n'est pas un déshonneur.

– Et mon orgueil, petite?

– Allons, votre orgueil serait bien mal placé! De toute façon, avec les tests de fertilité périodiques, votre impuissance ne pourrait rester secrète. Vu votre position sociale, certains ne se priveraient pas de la claironner sur les toits. Il y a donc une autre explication à votre refus de pariade.

– Bien raisonné, petite maligne. Mais je ne tiens pas à en parler.

– Adieu donc. Rien ne me retient ici.

– Dois-je te supplier de rester?

– Je crains que cela ne suffise pas. Je suis d'un naturel curieux.

– Eh bien, je suppose qu'il ne me reste plus qu'à te faire confiance. Mon secret est tout simple : je n'aime pas les femmes...

– Pagaïe! Je comprends mieux votre problème...

– Oh, tu peux rire! Ce n'est pas facile à dissimuler, crois-moi.

– Je ris parce que moi, je n'aime pas les hommes!

– Je m'en doutais. Mais toi, au moins, tu peux faire semblant. Pour moi, rien à faire. Sans érection, pas de copulation.

– Alors vous êtes *réellement* impuissant?

– Pas *réellement*, non. Je réagis normalement aux stimuli sexuels. Grâce à quoi, les tests de fertilité n'ont encore rien décelé.

– Pourquoi ne pas vous faire soigner?

– Merci bien... Pour passer entre les mains des psyrecteurs... Je ne suis pas prêt à me laisser décerveler par l'Ordre Vert, crois-moi! Je me passe très bien des femmes. Je me suis forgé une réputation d'ascétisme glacé qui me convient tout à fait. Bien sûr, tu n'en seras pas la victime puisque je n'aurai pas à subir tes assauts. Si tu continues à venir me voir malgré ces révélations, bien sûr.

– Je viendrai avec d'autant plus de plaisir si je peux vous aider à tromper l'Ordre. Comptez sur moi.

– Que voilà de bonnes paroles! Je vais enfin pouvoir cesser mon petit jeu de cache-cache. Il s'agit de fêter ça dignement.

Le *Multi* porta un sifflet d'appel à ses lèvres. Quelques instants plus tard, un saï apparut. C'était un spécimen magnifique. Son pelage fauve était rayé de noir comme la livrée de son maître et cela lui donnait une allure féline qu'accentuait encore sa démarche élastique. Tigre chuchota quelques mots à son oreille et le serviteur sortit, fluide, telle une eau jaillissante.

Narcisse ressentit alors le poids de la tension accumulée avant et pendant l'affrontement. Elle fit effort pour dénouer ses mains, délier ses muscles, décontracter ses mâchoires et, se laissant aller au fond de son fauteuil, elle abandonna son corps au massage de la structure moelleuse.

Le *Multi* activa un panneau tridi qui recouvrait toute une paroi de la pièce et Narcisse émit un cri étranglé. Surgissant des hautes herbes d'une savane, un tigre bondissait sur elle. C'était saisissant de réalisme. Le félin sortit du champ et l'hétaïre se rendit compte qu'elle se mordait les lèvres. Très satisfait de lui, le *Multi* la regardait d'un air moqueur. Il désactiva le panneau.

– Stupéfiant, n'est-ce pas? Pas un seul de mes visiteurs n'y résiste. Ces animaux étaient magnifiques. Dommage qu'ils n'aient pas survécu à l'atome.

– C'est à cause de ce panneau qu'on vous a donné votre nom?

– Oui. Cet holo appartenait à mon père. Enfant, je passais des heures devant, jusqu'à m'identifier complètement au carnassier et m'imaginer en train de déchirer mes ennemis de mes crocs...

– Eh bien, quelle sauvagerie! Et vous osez faire la fine bouche devant mes sanguiflors?

– J'étais l'agresseur, pas l'agressé, ma chère. Je n'ai jamais eu un tempérament masochiste. Ah, voilà notre pourvoyeur d'ivresse.

Le saï de retour portait une coupe où flottaient deux capsules opalescentes dans un étrange liquide glauque. Il s'inclina devant Narcisse et lui tendit la coupe. Devant l'hésitation de l'hétaïre, le *Multi* intervint :

– Je te présente le « rak-clac », l'une des plus belles créations de mon arrière-grand-père, avec le saï, bien sûr. Goûte-le religieusement car le secret de sa fabrication s'est perdu et j'ai beau n'en user qu'avec parcimonie, mes réserves s'épuisent.

– Ça va me faire quoi, au juste?

– T'enivrer, à moins que tu ne sois une alcoolique invétérée. Rassure-toi, rien de plus.

De peur de paraître incorrecte, Narcisse saisit l'une des deux capsules flottantes et la déposa sur sa langue.

D'abord, elle ne sentit rien d'autre que le développement d'une vague amertume au fond de son palais. Mais très vite le goût devint de plus en plus poivré jusqu'à lui donner l'impression qu'elle aurait pu compter ses papilles tant elles étaient sollicitées. Alors la capsule explosa, feu d'artifice brûlant, et ce fut comme si tous les parfums de la création se répandaient dans la bouche de l'hétaïre. Du plus subtil au plus capiteux, ils se dilataient tour à tour sur tous les plans de la cavité buccale et cette divine exploration semblait ne devoir jamais finir.

Narcisse avait perdu conscience. Elle flottait dans un océan d'arômes, au gré du flux et reflux délicieux. Le relief mouvant d'un visage vint se surimpressionner dans le décor liquide. Des mots assourdis et mystérieux cheminaient dans l'interminable tunnel des oreilles. Ils parvinrent enfin au cerveau de Narcisse.

— Rak-clac, c'est le flash!

Brusquement, les mots acquirent une signification et l'hétaïre ouvrit des yeux pour le moins embrumés.

— Alors, ce voyage? demanda Tigre qui semblait tout à fait lucide.

— Oh la la, articula-t-elle avec difficulté. C'était... C'était...

— Ne cherche pas de qualificatif. Il n'en existe aucun qui puisse décrire ta sensation. Peut-être parce qu'elle est à la fois une et multiple.

— ... grandiose! acheva Narcisse qui n'avait pas entendu un mot de ce que venait de lui dire le *Multi*.

Celui-ci prit le parti de sourire.

— Je t'aurais bien laissée plus longtemps dans tes limbes. Tu semblais t'y trouver fort bien. Mais je dois partir. Je suis invité à une danse de justice. Veux-tu venir avec moi?

– Le supplicié, c'est une femme?

– Non, un homme. Un *Violet*.

– Est-il condamné à mort?

– La cérémonie serait publique s'il l'était. Il ne s'agit que d'une danse de semonce.

– Alors j'accepte. Mais seulement pour vous accompagner. Je déteste toute manifestation de l'Ordre.

★

Le condamné est attaché en X dans l'arène de justice. Les anneaux des chevilles s'ancrent au sol à un mètre l'un de l'autre. Ceux des poignets sont noués si serrés à la poutre qui surplombe l'arène qu'ils forcent le garçon à rester sur la pointe des pieds.

L'extrême harmonie du corps nu de l'urbaniste est accentuée par la fluorescence des bactéries hémophages qui le recouvrent entièrement. Tout à l'heure, lorsque le sang coulera, les bactéries provoqueront sa coagulation immédiate et feront place nette en se nourrissant des caillots.

Narcisse remarque à haute voix que les *Multis* qui se récrient le plus sur son usage des sanguiflors se sont placés au premier rang de l'assistance. Le vampirisme les gêne bien peu lorsqu'il accompagne un supplice. La jeune femme demande à Tigre quelle tête feraient ces jésuites si elle se servait de ces bactéries pour arrêter le saignement de son cycle œstral...

Majestueux, un prêtre s'avance dans l'arène pour lire la sentence :

– Le ci-devant dénommé Mauve, urbaniste de

Classe 3, a outrepassé son droit d'usage de l'Ordinateur Central pour accéder à des informations secrètes. Conséquemment la Cour, statuant en Synode, a condamné le ci-devant Mauve à subir une danse de justice onglée d'un centimètre. Au nom du Peuple, que le supplice commence.

Le prêtre se retire tandis que l'Aigle fait son entrée en scène, mortellement beau dans son collant de plumes couronné du masque de l'oiseau. Ses ongles ont été recouverts de Duriss et limés en pointe. Ils sont maintenant aussi durs et tranchants que le plus affûté des stylets.

Au roulement de tambour, le danseur vient saluer l'assistance. Royal, il déploie ses bras qui ressemblent à des ailes et, se tournant vers sa proie, il commence à danser.

Fidèle aux percussions qui rythment son tempo, il noue et dénoue ses arabesques, vrille le sol de ses pieds inlassables, ébouriffe ses plumes au vent fou de sa course. L'ondoiement criminel et codé frappe et frappe encore, efficace, insoutenable.

Ecartelé par ses liens, le supplicié roule, se tord, dessine dans l'espace des courbes impossibles. Ses mains s'ouvrent et se ferment, accusant chacun des coups portés. Les bactéries ruissellent sur son corps comme une fontaine lumineuse.

Une fontaine bourdonnante, pense Narcisse qui sait cette impression illusoire : les micro-organismes sont silencieux pour une oreille humaine.

Tentaculaires, les bras du danseur giflent l'air et l'on dirait que dix mains, dix bras d'une divinité antique se relaient pour l'effleurement meurtrier. Dix bras cruels pour châtier. Dix bras pour saccager...

Le corps de Mauve est une brindille cabrée sous

la flamme. Les bactéries moussent comme une écume à l'endroit des coupures. Le sang dessine des étoiles, des deltas, des rivières tout de suite effacés. L'urbaniste fait des efforts tragiques pour crier. Mais les prêtres ont paralysé sa langue pour des heures, le privant de cette soupape trop évidente.

Naufrage d'un corps tendre. Narcisse jurerait qu'elle entend le crissement soyeux de la peau déchirée. Un goût salin vient sur sa langue, le goût ferrugineux du sang délayé par les larmes. Elle n'en supportera pas davantage. Elle se lève et s'en va.

★

Rentrée chez elle dans un état second, Narcisse n'avait même pas réalisé qu'elle empruntait un puits antigrav pour descendre. Elle se plongea dans un bain bouillant, plus pour se laver de la souillure du supplice que pour se détendre. Un grand verre de dionis avalé d'un trait vint doubler les effets du bain. L'alcool brut arrachait la gorge et Narcisse se remémora le « rak-clac ». Un chimiste en retrouverait sûrement la formule. Un nectar pareil ne pouvait disparaître à jamais.

De l'eau jusqu'au menton, l'hétaïre s'abandonnait aux effets conjugués des liquides externe et interne.

Pourquoi s'éprouvait-elle coupable en permanence, ces derniers temps? Coupable de faire et de ne pas faire. Coupable de rompre avec Sélèn et coupable de ne pas intervenir au supplice de Mauve... Mais quoi? Elle n'avait pas la vocation du martyre. Et si la désapprobation muette ne représentait pas, elle devait en convenir, une intervention suffisante, elle voyait mal comment agir avec plus d'efficacité. Il ne servirait à rien ni à personne que son imprudence la dénonçât aux prêtres. Et elle n'était pas folle au point de penser se dédouaner en subissant à son tour la Danse de Justice.

Narcisse ferma les yeux et le corps torturé de Mauve vint hanter sa mémoire. Il se produisit alors un incident étrange. L'image incroyablement nette de l'urbaniste passa d'un plan éloigné à un plan rapproché pour finir sur un très gros plan du visage déformé par la souffrance.

A ce moment précis, le *Violet* ouvrit les yeux, des yeux mauves, et il y avait un appel dans ces yeux, une prière que Narcisse ne pouvait pas ignorer.

Elle retrouverait l'urbaniste. Il saurait lui apprendre à lutter. Elle attendait cet instant depuis des siècles. Il était temps de se mettre à vivre.

★

– Franchement, Argyre, je ne vous comprends pas. Votre tolérance pour les extravagantes déviations sexuelles de ce *Multi* me semblait déjà inadmissible mais ne pas intervenir dans son alliance avec cette putain, c'est un comble! Je me demande ce que penserait le Hiérarque s'il était mis au courant de vos étranges manières...

– Dois-je comprendre cette dernière phrase comme une menace de délation?

– Par la couleur, le vilain mot! Et bien malvenu! Vous ai-je jamais trahi?

– Certes non. Si vous m'aviez trahi, l'un de nous deux ne serait plus dans cet observatoire.

– Cette alternative pour le moins curieuse ressemble à un avertissement. J'aurais pensé que vous me connaissiez mieux. Il faudra vous donner plus de mal pour m'intimider.

– Mon cher Neel, si nous nous calmions? En tout état de cause, nous avons besoin l'un de l'autre. La

Règle exige la présence de deux prêtres à ce poste d'observation.

– La Règle et la Hiérarchie m'obligent à m'incliner devant vous, Argyre. Mais je ne vous laisserai pas me reléguer au simple rang de servant.

– Voyons, Neel, je n'ai jamais eu d'aussi mauvaises intentions. Si je n'agis pas tout de suite contre Tigre, c'est parce que c'est un de nos trop rares généticiens. Sa valeur scientifique est réelle. Nous ne pouvons courir le risque de la voir s'effilocher entre les mains des psyrecteurs. Evidemment, s'il continue à s'enferrer, il faudra reconsidérer ce problème...

3

Ta mère. Tes quatorze ans sont amoureux de ta mère. Une matrone. Une maîtresse femme. Junon régnant au palais. Ton Jupiter de père file doux lorsque sa femme crie. Il n'a pas voix au chapitre. Ta mère, c'est le pouvoir avec un grand P, celui qui détient la foudre et les éclairs.

Junon prend des amants. Mais tes quatorze ans ont abouti à cette certitude : ta mère n'aime pas les hommes. Elle ne s'apparie avec eux que pour les humilier. Cela te satisfait secrètement car tu es jaloux de tout ce qui s'approche du lit maternel.

Junon, tu l'adores sous le manteau, tu la méprises au grand jour. Ton adoration est vouée aux cachettes car toute démonstration affective se solde par la rage destructrice de ce dragon femelle.

Ce soir, tu t'es dissimulé derrière les tentures de sa chambre. Ce n'est pas la première fois que tu épies ainsi les ébats de Junon, guettant le moment où va se déchaîner contre ton rival la fureur castratrice.

Pour le moment, l'heureux mortel ahane entre les cuisses de sa déesse et le temps s'éternise. Soudain, les râles conjugués des deux amants soulignent l'intensité de leur plaisir. Un mélange confus d'excitation, de honte et de haine te brûle. Tu t'agites dans ta cachette et, catastrophe, ta mère voit le mouvement des rideaux.

– Sors de là! ordonne-t-elle.

Que faire? Cette voix ne souffre aucun délai. Tu « sors de là », la tête baissée, alors qu'il faudrait la dresser comme un coq.

Junon te dévisage en silence. Une lueur mauvaise obscurcit ses yeux clairs. Tu sais qu'elle ne t'aime pas. Elle raconte à qui veut l'entendre que c'est ta naissance qui l'a rendue grasse. Et c'est vrai qu'elle est grasse. Tu ne t'en étais jamais rendu compte à ce point. Sa nudité dégouline.

Ta mère se retourne vers son compagnon.

– Sors, lui dit-elle. Je vais régler ce petit conflit en famille.

Le *Multi* te jette un regard goguenard. Tu es à la fois soulagé et inquiet de le voir disparaître. Quel châtiment ta mère va-t-elle inventer?

Elle t'ordonne de t'agenouiller devant le lit. Tu obéis. Elle écarte les jambes et fait pivoter son corps. Maintenant, son sexe se trouve à la hauteur de ton visage.

– Lèche, commande-t-elle. Lèche bien si tu ne veux pas tâter du fouet-lumière.

Et comme tu n'obtempères pas assez vite, elle te saisit par les cheveux, collant ta tête entre ses cuisses.

Tu tentes un coup de langue, mais pris d'un haut-le-cœur incoercible, tu ne peux t'empêcher de vomir.

– Si tu ne sais pas lécher, tu vas faire autre chose, grogne Junon.

Elle t'arrache ta tunique, saisit ton pénis, se met à le manipuler sans douceur. Tu es terrorisé et, bien sûr, elle n'obtient pas le plus petit début d'érection.

Elle prend alors ton membre entre ses lèvres, grommelant :

– Tu vois, moi, je ne fais pas la dégoûtée.

Une panique irrépressible s'empare de toi. Tu recules, tentant d'arracher ton bien le plus cher à cette bouche avide.

Tu as tellement prévu la morsure que lorsqu'elle vient enfin, c'est comme un soulagement. Tu peux hurler, hurler, hurler...

Tu finis par te calmer sous les sarcasmes. La douleur fouille ton ventre mais tu es entier.

Ta mère saisit alors le fouet-lumière et parachève son œuvre en te brûlant l'entrejambe.

– Voyeur et impuissant, gronde-t-elle en te jetant dehors. Tu es bien le portrait de ton père. Que je ne t'y reprenne pas si tu tiens à rester un homme!

Ta mère, ta mère, ta mère, ta mère!...

Vas-tu enfin scier cette béquille? Vivre ta vie sans t'appuyer dessus?

Tu n'aimes pas les femmes, certes, mais les femmes te l'ont bien rendu. Une « civilisation » qui oppose aussi radicalement ses deux sexes doit s'attendre à leur haine réciproque. Ta mère n'était même pas perverse. Elle n'a pas fait *exprès* de te castrer symboliquement. Elle ne t'avait pas désiré. Comment désirer ce que la société vous impose?

Tu dois cesser de te servir de ta mère comme d'une excuse pour justifier ton amour illicite. Sans doute est-ce à cause d'elle que tu es tombé amoureux d'un saï. Il était le seul être à te témoigner estime et affection. Tu aimes un saï. Tu dois faire face à cette vérité et cesser de sortir ta mère comme un bouclier dès que tu veux t'apparier avec lui. Tu n'as plus quatorze ans.

Tigre sanglotait. Le saï le berçait tendrement dans ses bras.

– Petit, petit, calme-toi, chantonnait-il. Il faut savoir cicatriser ses blessures si l'on ne veut pas en mourir.

Tigre sanglotait. Il pleurait sur lui-même, sur son enfance, sur sa vie passée et à venir. Il pleurait sur le saï, il était un fleuve de chagrin. Mais un fleuve qui serait remonté vers sa source. Au bout d'un moment, la source elle-même se tarit. Alors, les lèvres de Tigre rencontrèrent la bouche duveteuse du saï, les corps des deux amants s'emmêlèrent, et ils s'aimèrent tels deux félins dans la forêt.

★

Avec ivresse, Tigre glissait sur le toboggan rouge. Le vent s'infiltrant sous son casque glaçait ses oreilles. Il faisait froid; un brouillard tenace couronnait la cité d'une crinière blanchâtre.

Arrivé à destination, le traîneau du *Multi* s'arrêta en souplesse dans le chuintement de ses freins hydrauliques. Tigre s'en extirpa tant bien que mal. Ses doigts gourds n'arrivaient pas à défaire la boucle du harnais de sécurité. Enfin, il fut sur la petite esplanade, humant l'air chargé d'odeurs du premier niveau. D'un pas vif, il s'engagea dans une ruelle qui débouchait quelque cinquante mètres plus loin sur la place principale des *Rouges*.

Une animation inhabituelle y régnait et aux lazzis qu'il entendait, le *Multi* comprit qu'il devait y avoir une exécution. La foule était trop dense pour qu'il pût voir ce qui se passait, mais elle était surtout constituée d'hommes. Les rares femmes présentes gardaient le silence. Tigre en déduisit que le condamné était femme et que sa condamnation concernait son sexe. La mise en actes d'une solidarité féminine ne pouvait s'expliquer autrement. La règle du « chacun pour soi, le Chaos pour tous » accompagnait tous les autres supplices.

Plus grâce à sa qualité de *Multi* qu'à sa combativité, Tigre réussit à gagner le premier rang.

La fille était très jeune. Ses lèvres pigmentées de noir indiquaient son veuvage. Entièrement nue, elle était attachée sur un chevalet, exposée à tous les regards.

Tigre connaissait cette condamnation. Lorsqu'une fille était libre de pariade, soit que son compagnon fût mort, soit qu'il eût divorcé, soit tout simplement qu'elle n'en eût point encore, elle devait accepter toutes les sollicitations. Jusqu'à deux refus signalés, elle n'encourait que des sanctions légères, mais le troisième impliquait la mise au pilori de la fille.

Une autre fois, Tigre serait passé outre, mais le regard crâne de la gamine le frappa. Elle fixait un point dans le vague avec une incroyable dureté et sa bouche se tordait de mépris.

Elle est fière, pensa le *Multi* dans une sorte d'éblouissement. Son attitude est celle que j'aurais dû adopter devant ma mère, il y a vingt ans.

En la personne de cette fille, c'était le petit garçon qu'il avait été que l'on humiliait à nouveau. Seuls les sexes étaient intervertis.

Il décida d'intervenir.

Le serdar émargeur qui contrôlait la bonne exécution de la sentence ne fit aucune difficulté pour libérer la fille. Les désirs des *Multis* avaient force de loi quand ils ne violaient pas la Règle. Si le maître-fondateur désirait s'apparier avec la *Rouge*, tant pis pour lui, tant mieux pour elle. Le *Vert* ne put retenir un clin d'œil en disant d'une voix juste un peu trop négligente :

– Souhaitez-vous l'essayer avant qu'on vous l'emballe ?

– Devant ces gueux ? Vous m'insultez, Serdar, prenez-y garde. Vous feriez mieux de l'habiller en vitesse. Je n'ai pas de temps à perdre.

Un quart d'heure plus tard, dans le vertiligne, la *Rouge* se mit à trembler. Pris de compassion, Tigre voulut la serrer dans ses bras mais elle le repoussa avec horreur.

– Je ne te toucherai pas si tu ne le souhaites pas, dit le *Multi* avec une douceur qui l'étonna lui-même. De toute façon, je n'ai pas l'intention de m'apparier avec toi.

– Tiens donc ! Et alors, pourquoi m'avoir sortie de là ?

– Tu m'as rappelé quelqu'un. J'espère pour toi que tu t'en sortiras mieux que lui. En attendant, tu viens chez moi. Tu pourras y rester autant que tu voudras, en toute liberté.

– C'est pas vrai ! Tout ce foutu bordel, c'était juste un cauchemar ! Pince-toi ma vieille. Il est temps que tu te réveilles.

Le *Multi* ne put retenir un éclat de rire en voyant la « vieille » joindre – sans grande conviction – le geste à la parole. Un regard charbonneux lui fut jeté en retour et il se sentit comprimé dans une sorte d'étau brûlant qui l'asphyxiait, inexorablement.

La fille détourna les yeux et il put respirer à nouveau. Lorsque la quinte de toux provoquée par le retour brusque de l'air dans ses poumons se calma enfin, il était écarlate; c'était au tour de la *Rouge* de rire.

– Comment – m'as-tu – fait ça? hoqueta-t-il.

Elle haussa les épaules en le dévisageant d'un air narquois. Elle avait cessé de trembler.

– D'où te vient ce... talent? insista le *Multi*.

– De ma haine, faut croire! Personne m'a jamais rien appris. Ça sort de mes tripes.

Sa voix avait changé. Plus basse, plus profonde, elle était descendue d'une octave. Ses yeux aussi s'étaient modifiés. De noirs, ils avaient viré au noisette, sans doute leur couleur naturelle. Cet éclaircissement des iris leur donnait un éclat enfantin.

– Quel âge as-tu? demanda Tigre.

– C'est vrai, avec tout ça, on a oublié les politesses. Je me présente : Sandyx, *Rouge* parmi les *Rouges*, tout juste seize ans. Pour vous servir, mon prince...

Elle s'inclina autant que le lui permettait l'exiguïté de la cabine, sans cesser de le fixer des yeux.

Tigre hésitait entre le rire et la colère. Il n'avait jamais vu autant d'insolence dans l'exécution d'une révérence. Il était presque décidé à rire mais ils arrivèrent à destination et la cabine s'arrêta.

★

Etendue sur le blob qui ceignait l'aquarium, Sandyx jouait avec l'orgue à couleurs. Fascinée par les changements à vue des chromatophores qui s'adaptaient à chaque nouvelle couleur, elle transformait avec méthode le milieu dans lequel évoluaient les poissons.

Violet, bleu, orangé, brun, jaune, vert, rouge, multicolore et jusqu'aux neutres noir et blanc, toutes les couleurs des castes défilèrent. Mais les phénomènes magiques sont amoindris par la répétition et Sandyx finit par se lasser.

– Le mimétisme, voilà le rêve! murmura-t-elle. Se fondre dans n'importe quel environnement, pouvoir vivre toutes les couleurs... C'est encore mieux que d'être un *Multi*!

– Petite folle, se moqua Tigre, ces poissons ne choisissent pas leur couleur. Le mimétisme est dû à un automatisme. Aimerais-tu voir ton système nerveux décider à ta place? As-tu imaginé l'uniformité qui s'ensuivrait dans la Ville?

– Ça, c'est bien des paroles de *Multi*! Bon sang, l'uniformité n'existe pas au sixième niveau mais au premier, elle règne en maître. Automatique ou induite, je ne vois pas la différence. Ce que je vois bien, par contre, c'est que si j'étais mimétique, je pourrais me balader de niveau en niveau sans me faire arrêter à tous les coins de rue. Pagaïe! Si tu avais affaire à l'Ordre, tu tiendrais d'autres discours!

– Excuse-moi. Je n'avais pas l'intention de te blesser. Je sais de quoi tu parles. J'en ai fait l'expérience. Un jour, j'ai décidé de me pigmenter en rouge intégral. C'est une couleur que j'aime bien et je ne l'ai jamais assimilée à une condition inférieure...

– Et tu t'es fait arrêter!

– Tout juste. Le serdar n'a pas voulu me croire lorsque j'ai affirmé ma condition de *Multi*. Je n'avais pas prévu l'incident et je n'avais rien sur moi pour prouver mon appartenance à ma caste.

– Alors?

– Cet émargeur était si obtus que c'est allé jusqu'aux prêtres. A ce stade, bien sûr, on m'a reconnu, mais entre deux excuses pour les mauvais traitements que je venais de subir, on m'a surtout fait comprendre qu'il pourrait m'être préjudiciable de recommencer ce genre de plaisanterie. Se teindre en *Rouge* alors qu'on est un *Multi*, vraiment, fallait-il que je sois désœuvré pour recourir à ce genre d'excitant!

– Tu vois! Chacun chez soi et le Hiérarque pour tous!

– C'est vrai. Et les *Noirs* s'y entendent pour nous inférioriser. J'avais l'impression d'être le sale gosse qui vient de commettre une bourde : Et ne recommence pas, sinon... gare!

– Gare à quoi? Ils ne peuvent rien contre toi.

– Que tu dis! Ils m'ont clairement signifié que si je n'étais pas capable de dominer mes « pulsions rétrogrades », les psyrecteurs s'en chargeraient. Depuis, j'ai toujours porté au moins deux couleurs. Je ne tiens pas à ce que ce genre de menace se transforme en réalité...

– Finalement, votre caste, c'est de la pacotille, non? Vous n'êtes pas beaucoup plus libres que nous.

Las de la discussion, Tigre se contenta de hausser les épaules. Il se sentait plein d'ambivalence vis-à-vis de Sandyx. Elle n'était chez lui que depuis une semaine mais il regrettait déjà la promesse qu'il lui avait faite. Elle se conduisait en fléau, furetant partout, refusant de répondre aux questions, prenant un air buté lorsqu'il se permettait de la réprimander. L'agressivité succédait sans raisons apparentes à des prévenances disproportionnées et comme Sandyx avait refusé de lui parler de sa vie chez les *Rouges*, rien ne permettait au *Multi* d'analyser ce comportement pour le moins déroutant. Le traumatisme subi lors de la mise au pilori n'expliquait pas de telles sautes d'humeur. La jeune fille avait l'air plus surexcité qu'abattu... et ses provocations sexuelles cadraient mal avec cette interprétation. Alors? Une sorte de mise à l'épreuve? En tout cas, Sandyx passait les bornes et il ne voyait pas en vertu de quoi il devrait tolérer plus longtemps son attitude. Elle faisait irruption partout à tout moment – bien sûr sans se faire annoncer – et lorsqu'il lui faisait remarquer qu'elle pourrait au moins respecter la vie privée d'autrui, elle rétorquait d'un air narquois que Tigre n'ayant aucun commerce avec les femmes, il n'avait donc pas de vie privée à faire respecter...

Le *Multi* ne lui avait fait aucune révélation dans ce sens. Elle s'était forgé cette certitude à la suite d'un certain nombre d'avances restées sans effet. Deux jours durant, elle s'était promenée nue dans tout le palais. Son corps évoquait les très belles statues rouillées de Zetos. La peau un peu grenue, la broussaille rousse du sexe, les lignes aiguës des jambes et des bras maigres et jusqu'aux petits seins pointus, tout renforçait cette impression. On eût dit que la nature avait gommé sur ce corps tout ce qui ne lui était pas essentiel. Le résultat donnait l'impression d'une épure dénuée de toute sensualité.

Sandyx était belle... et très peu féminine. Or les corps de femmes qui avaient ému Tigre depuis sa puberté avaient été chaque fois des corps maternels, ronds jusqu'à la surcharge... Et pour rien au monde, il ne les eût approchés tant son trouble s'émulsionnait de répulsion.

Tigre s'interrogeait sur son attachement pour Sandyx. Il s'était toujours flatté de ne laisser personne s'immiscer dans sa vie et voilà qu'une gamine, non contente de s'installer chez lui, entreprenait de grignoter sa liberté.

Pourquoi ne pouvait-il se résoudre à la renvoyer? Par esprit de contradiction? Parce qu'elle faisait tout pour être mise à la porte? Pourquoi diable se sentait-il responsable d'elle? Etait-ce réellement la suite de ce processus d'identification qui l'avait poussé à la libérer?

Il se mit à sourire en se remémorant à quel point il était mouche du coche au même âge.

– Pourquoi ris-tu? interrogea Sandyx d'une voix agressive.

– Je ne riais pas, il me semble... Et de toute façon, ça ne te regarde pas.

Sandyx marmonna avec beaucoup de conviction une suite de mots qui devaient être fort injurieux mais qui restèrent inaudibles; cela permit à Tigre de passer outre et d'enchaîner d'une voix calme :

– Au lieu de traîner dans mes jambes du matin au soir, tu devrais prendre un saï et visiter notre niveau. Je te conseille le musée Hard Color. On peut y voir quelques objets intéressants qui datent d'avant la Couleur.

– Mais, la Couleur a toujours existé!

– Bien sûr que non! On ne vous apprend donc rien chez les *Rouges*? C'est vrai! J'oubliais à quel point les prêtres négligent l'éducation des filles. Bon, je vais te faire un petit résumé historique. Et si ça t'intéresse, tu n'auras qu'à utiliser le lecteur. Mon père avait plusieurs microvids sur le sujet. Je suppose qu'on vous a tout de même parlé de la Guerre

Totale? Ne serait-ce que pour vous dissuader de quitter la Ville, non?

– Ouais. Premier quart de notre millénaire. Le Chaos et tout le bastringue, radiations, pluies toxiques, ouragans magnétiques...

– Exact. Tu imagines bien que tout ça ne facilitait pas la survie. Représente-toi ces gens qui ont échappé au cataclysme. Ils sortent des abris. Ils rassemblent toutes les ressources disponibles. Et surtout, ils se regroupent. Les isolés n'ont pas la plus petite chance de s'en sortir. C'est là qu'intervient Hard Color, un savant qui travaillait main dans la main des militaires. Il a l'idée de la cité pyramidale. Une bonne idée : un volume vertical est plus facile à protéger par un champ de force que le classique volume horizontal des villes étalées au sol. Il remet en service des monstres mécaniques capables de tailler des montagnes. Et comme c'est un homme rigide, aliéné, figé dans ses principes et son amour de la hiérarchie, il invente la ville stratifiée où les habitations seront distribuées en fonction du niveau de compétence. Bien sûr, avec son aréopage de chercheurs et de militaires, il s'estime tout en haut de l'échelle. Il s'octroie donc le nid d'aigle du septième niveau.

– Hard Color, c'était son vrai nom? Ça fait plutôt gag!

– Sur ce point, les archives sont muettes. J'aurais tendance à croire à un surnom, moi aussi. En tout cas, c'était un esthète. En plus d'être fonctionnelle, il voulait que sa ville soit belle. Il décida qu'elle serait régie par la couleur. Chacun des sept niveaux de la structure pyramidale revêtirait l'une des couleurs du prisme : violet, indigo, bleu, vert, jaune, orangé, rouge. Ainsi, la ville ressemblerait à un arc-en-ciel. Chacune des couleurs correspondrait à une caste et chaque membre de cette caste porterait cette même couleur sa vie durant.

– Mais il y a plus de sept castes! Il y en a dix! Et aucune n'est indigo.

– Exact. Les couleurs se sont redistribuées. A la mort de Hard Color, une scission s'est produite dans son aréopage. Prétendant porter le deuil du fondateur, certains se sont vêtus de noir. Ils ont formé un ordre occulte, ont intrigué avec beaucoup d'habileté et, petit à petit, ils se sont emparés des postes de commande. Trop contents de ne plus assumer les lourdes tâches impliquées par ces postes, les autres ont laissé faire. Voilà comment les *Noirs* ont pris le pouvoir. Un siècle plus tard, avec la maigre consolation de devenir multicolores, la plupart des maîtres-fondateurs étaient contraints de descendre d'étage. L'indigo ne contrastait pas assez avec le bleu. Il fut remplacé par le brun tandis que les urbanistes endossaient la couleur violette.

– Les autres villes, elles sont toutes pareilles?

– Elles appellent la nôtre Ville 1. Elles se sont toutes bâties sur le modèle de Hard Color. Avec la même structure sociale qui interdit l'immigration.

– Alors, c'est vrai ce que l'on dit? Que l'on doit passer sa vie entière dans la même ville?

– Ta seule possibilité de la quitter, c'est de conclure un contrat de pariade à vie avec un homme d'une autre ville. Autant dire que tes chances sont nulles. Par ailleurs, il faudrait être fou pour se vendre aussi définitivement. Quant à vivre dans le désert, c'est une autre folie et bien peu y succombent. Vivre seul dans un univers où les chances de procréer se raréfient sans cesse, c'est une façon de se suicider.

– Par le Chaos, il doit bien y avoir un espoir?

– Je crains que non. Et l'absence d'échanges de

ville à ville diminue elle aussi les chances de fécondité.

– Dis-moi, Tigre, si je te comprends bien, à long terme, les hommes sont condamnés à disparaître?

– Méritent-ils de survivre?

– Par Uracan! Que ces petits mâles blets aillent sucer les tétons du Chaos, grand bien leur fasse. Mais les femmes, hein? Tu ne crois pas que leurs ventres forcés leur donnent le droit de vivre? Pagaïe! Je m'en vais rendre visite à ton Hard Color. J'ai deux mots à dire à sa dépouille!

– Un conseil : ne les crie pas trop fort! Les *Noirs* ont toujours une oreille qui traîne. Une oreille verte!

★

Sandyx avait enlevé ses socques bruyants de *Rouge*. Ses pieds nus foulaient avec délices les hautes mèches des tapis précieux. Elle ne faisait pas plus de bruit qu'un saï en progressant vers les appartements de Tigre. Sans ce dernier, la visite au musée Hard Color n'avait guère présenté d'intérêt. Les objets qui excitaient le plus la curiosité de Sandyx, des armes anciennes que les gardes prétendaient en parfait état de marche, les *Rouges* n'y avaient pas accès. Seul un *Multi* était habilité à les manipuler.

Sandyx s'était vite lassée de ces intouchables fragments d'histoire qui sentaient la vieille mort poussiéreuse. Cette odeur lui semblait tout à fait inconvenante. Elle avait toujours imaginé la mort comme une entité féline déchirant ses proies de ses crocs insatiables. La cruauté à l'état pur, incorruptible, absolue, propre...

Devant la porte de la chambre de Tigre, Sandyx hésita. Elle voulait toujours surprendre le *Multi* mais elle se sentait mal à l'aise. Un silence inhabituel écrasait l'antichambre.

Elle se traita d'idiote et appuya sur la commande d'ouverture. La porte ne coulissa pas. Elle était verrouillée.

Sandyx connaissait le code de verrouillage. Allait-elle oser s'en servir? La curiosité et le désir de percer l'intimité du *Multi* l'emportèrent.

Etroitement enlacés, les corps nus de Tigre et de l'un de ses saïs reposent sur le divan en désordre. Une telle impression de sérénité se dégage de cette scène que Sandyx reste immobile un instant, perdue dans sa contemplation.

Les rubans fauves et noirs qui jaspent l'épiderme de Tigre se répètent symétriquement sur la fourrure du saï. Il ne semble pas y avoir de rupture entre les deux corps, comme s'ils ne faisaient qu'un, moitié lisse et moitié velue d'un seul être. Les paupières oblongues du saï se soulèvent avec lenteur, les iris chatoyants se tournent vers Sandyx qui reçoit le choc d'une désapprobation sauvage et décharge enfin sa tension dans son cri de refus.

Tigre s'est levé d'un bond et tente de masquer sa culpabilité et son corps dénudé derrière le pan d'une tenture. Le saï n'a pas bougé. Son regard s'est vidé de toute expression.

Sandyx gémit. La peur vient de remplacer son dégoût. En se laissant surprendre, Tigre lui a donné un pouvoir terrible. Maintenant, elle peut le dénoncer aux prêtres.

Bien sûr, elle peut jurer qu'elle ne le dénoncera jamais, mais que valent les promesses devant un risque pareil? Seule la mort peut empêcher de façon certaine un témoin de parler.

Sandyx fait volte-face et se met à courir. Mais devant chacune des trois issues possibles attend un saï, immuable statue qu'il serait vain de vouloir déplacer.

La jeune fille gémit et se débat lorsque la main de Tigre s'abat sur son épaule. Ensuite, elle réussit à empêcher ses dents de claquer de terreur et recouvre une apparence de dignité tandis qu'il la tire d'une poigne ferme en direction du salon.

Jetée sans ménagements sur le blob, elle se cogne contre l'aquarium et reste un instant étourdie.

La voix coléreuse du *Multi* la rend à la conscience.

— La paix! Je veux la paix dans ma maison! Pas un poison qui m'espionne sans cesse! Et regarde-moi quand je te parle!

— Te regarder? Mais oui... Pourquoi pas?

Les yeux charbonneux de Sandyx se rivent à ceux de Tigre, lequel ne tarde pas à porter ses mains à sa gorge, avalant l'air à grands coups convulsifs, les traits comme aspirés de l'intérieur.

Brusquement, Sandyx est tirée en arrière. Ses yeux rencontrent les iris chatoyants d'un saï qu'elle n'a pas entendu approcher. Elle se concentre en vain sur l'humanoïde. Son pouvoir reste sans effet. Pendant ce temps, Tigre a récupéré. Il demande d'une voix faible :

— Si on essayait de parler calmement?

— Comment pourrais-je être calme à l'idée de mourir?

— Mourir! Grands Dieux, mais pourquoi donc devrais-tu mourir?

– Parce que j'ai assisté à ce... à cette coucherie répugnante et que vous allez me tuer pour m'empêcher de parler.

– Je te jure sur la Couleur que cette idée ne m'a pas effleuré. D'ailleurs, je suis sûr que tu ne me dénoncerais pas.

– Qu'est-ce qui vous rend si certain de ça?

– Eh bien, je crois que tu m'aimes bien!

– Moi? Mais vous n'avez rien compris! Rien de rien! Je vous déteste! Je vous hais! Pauvre petit ver vomi par le Chaos! Je suis une femme et vous, vous êtes un homme, mon ennemi héréditaire! Comment pourrais-je avoir de l'affection pour vous?

Tigre s'était recroquevillé sur lui-même. Ce déferlement de violence l'abasourdissait moins que l'étonnement de n'avoir pas soupçonné cette haine. Il était au moins certain d'une chose : il ne voulait pas tuer Sandyx. Il lui fallait pourtant se protéger. Alors quoi faire? Tenter de raisonner? Autant discuter avec un mur... Mais le mur le plus lisse n'est-il pas clos sur des fissures secrètes? Tigre décida de révéler à l'adolescente pourquoi il l'avait délivrée du supplice, sur le forum des *Rouges*, huit jours plus tôt.

Ce fut beaucoup plus efficace qu'il n'aurait pu l'imaginer. Sandyx n'avait tout simplement jamais réalisé que les hommes pouvaient être eux aussi victimes d'un racisme sexuel.

Lorsqu'elle eut mesuré la fragilité du *Multi*, elle éclata en sanglots, marmonnant entre deux hoquets :

– Et moi – qui vous – croyais – différent. Vous – vous êtes dégoûtant – comme tous les autres...

– En quoi suis-je dégoûtant, Sandyx?

– Coucher avec ce... avec ce...

– Avec ce quoi?

– Cet animal!

– Les saïs ne sont pas des animaux. Ce sont des êtres humains, tout comme nous. Si les prêtres les ont rendus tabous, c'est parce que les rapports sexuels avec un saï sont infertiles. Et tu sais que pour le Hiérarque, hors la procréation, point de salut.

– C'est vrai, c'est vraiment vrai que les saïs ne sont pas des animaux?

– Je suis bien placé pour le savoir puisque c'est mon arrière-grand-père qui les a conçus. Ce sont des humains dont les gènes ont été modifiés pour créer une race préservée de la domination sexuelle. Des neutres, en quelque sorte. Ni hommes, ni femmes. Ils sont hermaphrodites.

– Mais ils appartiennent à la Ville! Ce sont des esclaves. Ils n'ont aucun libre arbitre pour s'opposer à vos avances. Ils sont dans une position encore pire que les femmes!

– Je vais te montrer quelque chose.

Le *Multi* porta son sifflet d'appel à ses lèvres et Sandyx reconnut le saï qui arrivait comme « l'amant » – ou fallait-il dire « l'amante »? – de Tigre.

– Regarde bien, dit celui-ci.

Et s'armant d'un lourd cendrier d'onyx, il se jeta sur le saï. Lequel se déroba dans un bond souple en arrière. Ses poils hérissés le transformaient en une impressionnante pelote d'épingles.

– Touche! ordonna le *Multi*.

Sandyx avança une main timide. Les poils étaient *réellement* aussi durs et piquants que des aiguilles.

– Sacré mécanisme de défense, non? s'exclama

Tigre en riant. Et tu peux remarquer que le fait que je sois l'attaquant n'a rien changé au réflexe. Mon arrière-grand-père avait tout prévu. Quant aux caresses et autres invites sexuelles, les saïs ne les acceptent que s'ils en ont envie. Tu n'as qu'à essayer.

Le *Multi* caressait la fourrure à nouveau souple de son compagnon de pariade. Sandyx effleura l'un des mamelons à peine renflés de l'humanoïde. Le poil était rêche et désagréable au toucher. Lorsque la jeune fille insista, il devint franchement piquant.

– Alors, suis-je absous de mon crime?

– Ça alors! murmura Sandyx, un reste d'incrédulité dans la voix. Je comprends mieux le surnom que les miens donnent aux saïs...

– « Porcs-épics », non?

– Oui. Il y a de ça, non?

– Si on veut. Les saïs sont tout de même beaucoup plus doux au naturel.

– Ça alors! répéta l'adolescente. Le plus drôle, dans tout ça, c'est que nous deux, dans un sens, on est pareils!

– Pareils? Que veux-tu dire?

– Je n'aime que les femmes! explosa Sandyx dans un rire libérateur. Tu vois, je te donne moi aussi pouvoir sur moi. Comme ça, tu n'as plus besoin de me tuer.

Et attrapant les deux mains du *Multi*, elle l'entraîna dans une danse échevelée autour de l'aquarium. Vite épuisé, Tigre s'écroula sur le blob.

– Si je comprends bien, d'ennemi héréditaire je passe au statut d'allié objectif? soupira-t-il. Je me demande si je dois m'en réjouir...

— Tu te reposeras la question lorsque Raudh sera là.

— Raudh?

— Mon amie. Mon saï à moi. Pourquoi crois-tu que j'étais si nerveuse ces derniers jours? Qu'est-ce qu'elle m'a manqué!

4

Argyre était livide. Comme son rang le lui permettait, il n'avait pas teint son épiderme, ce jour-là, et ce visage décoloré par la rage au-dessus de la dalmatique noire créait un effet d'autant plus saisissant que sa couleur était naturelle.

Le prêtre faisait un tel effort pour se dominer que son faciès rigoureusement immobile semblait taillé dans de la craie. Un masque mortuaire, si l'on exceptait les yeux qui luisaient d'un éclat fou dans le fond des orbites.

Neel recula d'un pas; pour la première fois, Argyre lui faisait peur. Il jugea vain et dangereux de poursuivre la discussion et, abdiquant toute dignité, il opéra une prudente retraite à reculons vers la porte. Celle-ci ne coulissa pas.

Dans une flambée de panique, Neel se vit emprisonné. Il allait perdre son sang-froid lorsqu'il se rappela que la commande d'ouverture obéissait au schéma de son empreinte rétinienne; la porte ne pouvait s'ouvrir s'il lui tournait le dos.

Il fit volte-face, la paroi coulissa, et il se rua hors de la pièce comme si cette issue miraculeusement libre allait à l'instant se refermer sur lui pour le guillotiner.

Resté seul, Argyre se permit un sourire. Les nerfs de Neel étaient bien peu solides. Un garçon transparent... Et qui manquait par trop de cynisme. Il faudrait le sacrifier. Vite. Avant que sa terreur ne le pousse à trahir.

Argyre ne pouvait courir le risque d'un contrôle. Il jouissait de la confiance absolue du Hiérarque, mais la plupart des *Noirs* la lui enviaient. Il lui fallait prendre garde à ne pas leur donner les moyens de sa chute. Son travail excédait de beaucoup celui des autres Observateurs.

Il se sentait l'âme d'un démiurge investi d'une mission sacrée : ordonner la Ville, certes, mais en cessant ce nivellement par le bas qu'affectionnaient les *Noirs* dans leur ensemble. Cette solution de facilité lui répugnait. Une tendresse très particulière le poussait vers les êtres qui refusaient de s'aligner... De quelque caste qu'ils fussent : Mauve, Tigre ou Sandyx. La Ville avait besoin de leur vitalité.

Bien sûr, il fallait prendre garde à ne pas laisser dégénérer ce trop-plein d'énergie. Mais parce qu'il appliquait la Règle à la lettre sans jamais oser l'interpréter, Neel ne parvenait pas à comprendre qu'il est bien plus avantageux d'arrêter des conspirateurs à la dernière minute. Et aussi bien plus définitif puisque les conjurés encouraient la mort.

Lorsque Argyre avait commencé à transgresser la Règle, il lui était arrivé d'être traversé par le doute. L'Ordre dont il rêvait, cet Ordre à son image, n'était-il pas pure illusion vomie par son esprit assoiffé de puissance? Lorsqu'il facilitait l'exécution du plan des conjurés pour mieux les enferrer, à quoi jouait-il sinon au jeu pervers du chat et de la souris?

Ces doutes avaient été balayés par les témoignages d'estime du Hiérarque, prodigués à chacun des complots déjoués.

Argyre eut un rictus de satisfaction. Son corps flottait autour d'un esprit ancré dans le roc de la certitude. L'expression gelée de son visage avait fondu; les couleurs étaient revenues sur sa peau transparente et lisse. Le prêtre avait gardé cette carnation de fille qui lui avait valu tant de moqueries au cours de son adolescence, mais il ne s'en souciait plus.

De ses doigts fébriles, il activa les consoles. La totalité des écrans s'illuminèrent.

Il y avait toujours un moment où, confronté à toutes ces tranches de vie, il ne savait plus où donner de la tête, où arrêter son regard. Mais le tri s'effectuait vite. La plupart des contrôles n'étaient que de routine. Ses concitoyens ne brillaient pas par l'imagination. Argyre pouvait prédire heure par heure leur emploi du temps.

Restaient les « déviants », objets d'une surveillance systématique, grâce auxquels l'espionnage devenait plaisir pur.

Rapidement, le prêtre sélectionna quelques vues extérieures des différentes strates.

Sur le forum des *Rouges*, une femme liée sur un chevalet était offerte au voyeurisme d'une foule de mâles déchaînés. Ces mises au pilori devenaient trop fréquentes. Il faudrait mater d'une façon ou d'une autre la révolte de ces femelles rétives. Cela nuisait au travail des hommes.

Au niveau suivant, tout était calme. Il était encore tôt et si les artisans s'agitaient dans leurs échoppes, les artistes, principaux fauteurs de troubles, dormaient encore.

Sur le forum de la guilde, un attroupement attira le regard du prêtre. Sous les ordres d'un serdar, une petite troupe d'émargeurs vaporisait de peinture grise l'une des loges.

Argyre essaya de se remémorer le visage du marchand décédé. Il n'y parvint pas. Ce boulanger devait mener une existence très tranquille.

Absorbé, Argyre regardait la maison changer de couleur. Cette mort symbolique de la loge accompagnant la mort charnelle – ou spirituelle dans le cas d'une décoloration par le Hiérarque – le fascinait toujours.

Aux côtés du serdar se tenait une femme. La veuve, bien sûr, tenue d'assister au rituel d'effacement.

Argyre fit un gros plan sur elle et fronça les sourcils. Elle avait les yeux rouges et les traits bouffis par les larmes. L'abattement chez une femme touchée par le deuil de son compagnon s'expliquait fort bien par l'obligation de repartir de zéro. Retour dans une maison des filles, disponibilité sexuelle obligatoire, recherche d'un nouvel appariement. Le chagrin, par contre, était très rare et cette femme semblait en éprouver.

Sa tâche extérieure terminée, le serdar dit quelques mots à la *Bleue* qui se mit à le dévisager d'un air hagard. Il la poussa en avant et, sachant ce qui allait suivre, Argyre passa sur le canal intérieur de la loge.

L'émargopathe, reconnaissable aux insignes multicolores sur son uniforme vert, entre le premier, suivi de la femme et du reste de la troupe.

Il sort le multi-injecteur de sa trousse et enjoint à la veuve de se déshabiller.

Comme elle ne se décide pas assez vite, il lui enlève lui-même sa casaque, l'oblige à s'étendre sur une table, approche son appareil de ses lèvres.

La *Bleue* réagit très mal. Elle tourne la tête à gauche, à droite, et prononce des paroles incohérentes. Trois hommes sont nécessaires pour l'immobiliser avec une marge de sécurité suffisante. Enfin, les multi-aiguilles se plantent dans ses lèvres qui se colorent en noir.

Pour le sexe, c'est encore plus difficile. Une force si démoniaque s'est emparée de la veuve qu'elle réussit à quitter la table où quatre émargeurs n'ont pas réussi à la maintenir.

Des corps tourbillonnent follement dans la pièce. Le serdar hurle des ordres. La femme est maîtrisée. Plusieurs des émargeurs ont des marques sanguinolentes sur le visage.

Quelques instants plus tard, tout est fini. La *Bleue* semble morte. Son corps flasque reste avachi sur la table. Sur les muqueuses noircies de son sexe perlent des gouttelettes de sang. Lorsque le serdar se colle contre elle et lui impose une étreinte brutale, ses yeux s'agrandissent à peine. Comme si cet acte était la suite logique des violences qu'elle vient de subir.

Argyre était furieux. Le *Vert* outrepassait ses droits. S'il avait envie de cette femme, il n'avait qu'à revenir s'apparier avec elle en dehors de ses heures de service. Quel exemple déplorable pour ses hommes!

Le prêtre décida de modifier le paysage sonore de la maison. Il envoya une pleine charge de messages subliminaux destinés à culpabiliser les émargeurs et à leur faire douter de leur virilité.

Le résultat, pour être acquis d'avance sur des hommes aussi frustes, dépassa tout de même ses espérances. Le silence honteux des *Verts* abandonnant la loge, leur mine de chiens battus durent faire croire aux badauds attirés par les cris que la veuve avait eu raison d'eux.

Un *Rouge* lança un quolibet, bientôt imité par un *Bleu*. Les murmures s'enflèrent et Argyre eut bientôt à se reprocher d'avoir provoqué une petite émeute. Pourtant, il n'était pas mécontent. Un peu de mouvement ne portait pas préjudice à la Ville et, de toute façon, ce serdar n'avait pas volé sa déroute.

Argyre sourit à la pensée de la tête que ferait le *Vert* en réalisant son étrange conduite. De quoi susciter chez lui un impossible effort de réflexion. Comment, en effet, soupçonner l'existence des enceintes acoustiques?

Tout de même, les fondateurs de la Ville auraient pu doter de ces enceintes les trois derniers niveaux. Pensaient-ils que leurs habitants se montreraient d'une fidélité à l'épreuve du temps? Ou trop contents de leur sort pour songer à la rébellion? Quelle inconséquence! La soif du pouvoir ne s'étanche que tout en haut de la pyramide.

Emporté par un rêve de puissance où se déversait le trop-plein de sa formidable énergie, Argyre avait négligé ses écrans. Chez les *Bleus*, la veuve se redressait avec peine. Elle se dirigea vers un coffre-fort dont la porte blindée tranchait sur la muraille et apposa son doigt sur le lecteur d'empreintes. La porte ayant coulissé, la *Bleue* se saisit d'une fiole stilligoutte enfermant un liquide brun doré.

Une dizaine de gouttes passèrent du flacon dans un verre d'eau. La femme avala d'un trait l'émulsion jaunâtre. Elle fit un pas, chancela, et tomba, foudroyée.

Attirés par le mouvement, les yeux d'Argyre étaient enfin revenus à l'écran. Le *Noir* n'eut aucun mal à reconstituer ce qui s'était passé. Le liquide ambré était fourni aux boulangers par les prêtres. Une seule goutte versée dans le pétrin au moment opportun suffisait pour une fournée entière. Le pain obtenu ainsi contenait un calmant-euphorisant très efficace. En cas d'émeutes, il suffisait aux prêtres de faire doubler ou tripler la dose. Heureusement les émeutes étaient rares car à forte dose ce calmant était préjudiciable à l'organisme.

Argyre jeta un dernier regard au corps tordu de la femme, désactiva l'écran et poussa un soupir. Quel gâchis! Elle était encore jeune, pourquoi donc s'était-elle tuée? Amour? Dégoût? Révolte?

Argyre aurait aimé connaître la réponse. La mort et son versant le plus terrible, le suicide, provoquaient toujours en lui le déclenchement d'une curiosité insatiable. S'il avait pu torturer les morts pour leur arracher la réponse à ses questions, il l'aurait fait, sans hésiter.

Hélas, la *Bleue* s'était tuée à jamais. Argyre n'éprouvait aucune compassion. Il n'aimait pas les femmes. Il n'avait pas le souvenir qu'aucune d'entre elles l'eût jamais attiré. A vrai dire, Argyre n'aimait que lui-même. Son rêve de chorège avait été de réussir à boucler la boucle du serpent qui se mord la queue. Réaliser la sexualité solaire dans la figure de l'Androgyne. L'érotisme enfin clos sur lui-même. L'accès à la divinité. Les longues années d'initiation et de quête étaient restées stériles. Ne pouvant parvenir au sommet de son art, le chorège avait choisi d'endosser l'habit noir des prêtres. Un jour, il serait Hiérarque, il en avait la certitude.

Consciencieusement, Argyre visionna tous les postes de la sélection aléatoire fournie par Septimus, l'ordinateur d'observation.

Le nombre des loges rendait presque impossible une investigation complète.

Il y avait pourtant sept observatoires au total, chacun d'eux correspondant à l'un des versants de la Ville. Nord-Est, Est, Sud-Est, Sud-Ouest, Ouest, Nord-Ouest. Le versant Nord, réservé aux entrepôts, n'était pas habité et les quartiers limitrophes avaient été abandonnés, conséquence de la dénatalité. Avec le Sud-Est, Argyre devait surveiller l'une des zones les plus peuplées.

Lorsqu'il eut terminé son pensum, sans avoir, comme il s'y attendait, constaté d'incidents, il sélectionna le poste de Tigre et s'enfonça dans son fauteuil. Une expression voluptueuse métamorphosait ses traits.

Sandyx est plongée dans une discussion passionnée avec Tigre. Tout ce qu'elle dit au *Multi*, Argyre le connaît déjà. Le pacte de pariade simulée fait avec deux *Rouges*, homosexuels eux aussi et obligés de cacher cette tare, puis la mort de l'un d'eux et la mise à disposition de Sandyx...

Le prêtre va changer de ligne lorsqu'il distingue une forme dans l'un des angles de la pièce. Par la Couleur! Une forme *floue*! Un chorège? Mais que ferait-il dans cette pièce? Et sous une forme floue de surcroît?

Le prêtre pousse le son. Tigre vient de prendre la parole.

– Dis donc, elle ne dit pas grand-chose, ton amie!

– Ça risque rien. Elle est muette. Elle s'est fait violer par une bande, à treize ans. Le lendemain de son Intro, tu te rends compte! Et comme elle criait trop, ces ordures lui ont coupé la langue. C'est moi qui l'ai ramassée. Je l'ai soignée comme j'ai pu et elle s'est attachée à moi.

Uracan! jure Argyre. Il s'agit donc de Raudh. Et cette gamine a LE DON! Il va falloir examiner ça de très près. Uracan! Quelle complication... Une fille chorège, ça ne s'est jamais vu!

Tigre s'est retourné et s'aperçoit de l'état de la fille.

– Bon sang, qu'est-ce qu'elle a? s'exclame-t-il.

– Je sais pas. Ça lui arrive de plus en plus souvent, ces derniers temps. On dirait qu'elle s'absente. Elle devient floue et ne réagit plus aux questions. Une ou deux fois, elle a disparu complètement. Quelle angoisse! Je me demandais si elle allait revenir.

– Et elle explique ça comment?

– Elle explique rien. Elle est muette, je t'ai dit. Comment tu veux qu'elle explique?

– Par écrit, bien sûr.

– Il faudrait qu'elle sache! Elle n'a jamais appris. Elle sait lire, mais tout juste.

– Dieu! Ce n'est pas possible. Les prêtres ne peuvent pas se conduire comme ça! C'est contraire à la Règle. Ne me dis pas que tu ne sais pas écrire?

– Moi, j'ai appris. Mais c'était parce que je voulais vraiment. Parce que je refusais l'idée d'être inférieure. Les prêtres ne forcent pas les filles à assister aux cours. Ce n'est obligatoire que pour leurs petits mâles chéris. Et le pire, c'est que ces morveux sont jaloux de notre « chance », comme ils disent! Ils ne ratent pas une occasion de nous la faire payer. Ça ne les empêche pas de s'acharner aussi sur celles qui viennent aux cours. Surtout quand elles sont fortes. Ils sentent bien que ça les menace.

– En quoi diable cela peut-il les menacer?

– Eh bien, imagine qu'on devienne les égales de tous ces tarés. Crois-tu qu'ils pourraient continuer à se servir de nous comme de ventres? Tout juste bons pour fabriquer des moutards?

C'est visible, Tigre n'écoute Sandyx que d'une oreille. Il réfléchit. Il dit enfin, d'une voix tendue :

– Je me demande si la situation est la même aux autres niveaux. Et si oui, les femmes attendent quoi, pour se révolter? Que les hommes tirent les conclusions à leur place? Sont-elles si abruties qu'elles ne remarquent rien?

– C'est quoi, ce qu'elles devraient remarquer?

– Mais qu'elles ont *toutes* un enfant, un jour ou l'autre. Quand ce n'est pas avec leurs compagnons de pariade, c'est par insémination.

– Ça alors! Y a une espèce de folle qui disait la même chose, il y a trois cycles. Elle a crié ça sur les forums des trois premiers niveaux. Il paraît que les émargeurs l'ont fait taire. Maintenant que j'y pense, c'est bizarre, on ne l'a pas revue...

– Tu parles! Ce genre de discours, c'est l'Anarchie dans la Ville. Pour peu que tes congénères s'en emparent, c'est l'avènement du Chaos!

– Alors, elle avait raison! Ces petits mâles blets voudraient nous faire avaler que nous sommes tous dans le même sac quand la stérilité les frappe eux tout seuls!

– Exact. Sans objet, l'obligation faite aux femmes de sacrifier à tous les appétits masculins! C'est l'inverse qui devrait se produire.

– Tu attends quoi, pour dénoncer ça?

– Et finir comme ton hystérique? A l'heure qu'il est, elle fait sans doute des émules chez les *Sancous*. A moins qu'elle n'ait grossi les réserves de protéines de la Ville?

– Tu exagères, non?

– J'aimerais le croire. En tout cas, je suis beaucoup trop isolé pour me permettre d'élever la voix. C'est aux femmes de se prendre en charge. Si elles réussissent à s'unir, les hommes seront bien obligés de s'incliner. Trop heureux si elles n'émasculent pas les stériles pour avoir abusé d'elles sans espoir de procréation...

– Je retiens cette excellente idée. Et moi, je n'ai pas peur de l'Ordre. La seule chose que je détesterais perdre, c'est Raudh. Ça va bouger, tu peux me croire. Je vais m'en occuper.

– Un conseil : essaie d'être un peu plus discrète que l'autre folle... A moins que tu ne sois suicidaire. Auquel cas, évite de faire exploser ta charge près de chez moi. Je n'ai pas envie de ramasser tes miettes!

Argyre passa le poste de Tigre en enregistrement continu. Septimus ferait une sélection basée sur les mots clés et le prêtre décrypterait plus tard. Il devait visionner les autres canaux.

Tandis qu'il se branchait sur celui de Mauve, une expression de jubilation illumina son visage. En Sandyx, Tigre avait enfin trouvé son détonateur. La fille n'aurait pas besoin d'insister longtemps pour le persuader d'embrasser sa cause. Et alors...

Mauve n'était pas seul. Etonné, Argyre reconnut dans sa compagne de pariade l'hétaïre qui avait tant troublé Sélèn et qui faisait alliance avec Tigre, récemment.

C'était une occasion unique de tester la guérison du chorège. Pendant que Septimus exécutait un photogramme de la loge de Mauve, Argyre convoqua Sélèn à l'extérieur de l'Observatoire. Les chorèges ne devaient pas connaître l'existence des écrans de contrôle.

★

Elle luit toujours comme un phare au plus profond de ma nuit. Mais de quelle lueur désincarnée! Je comprends trop bien pourquoi Argyre m'a obligé à cette confrontation. Un examen de passage, en quelque sorte. Etonnant comme ce prêtre – qui se veut mon mentor – me connaît mal. Je domine désormais toutes mes émotions. Mais quelle tempête derrière le masque. Et comme j'avais honte. Honte pour Narcisse et son compagnon. Honte pour moi de violer ainsi leur plus secrète intimité.

Narcisse n'a pas changé. Elle est toujours aussi froide et superbe. Mais pour moi, c'est un peu comme si elle était morte. Ou plutôt à des années-lumière. Intouchable.

Argyre avait raison. Sa thérapie a fait son œuvre. J'ai eu un choc terrible en voyant Narcisse dans les bras d'un homme qui n'était pas Sélèn, mais c'était de l'orgueil. Ma souffrance est lointaine, ténue. D'étreinte, elle s'est transmuée en aura. C'est presque une sensation agréable. Quelque chose de vital qui me raccroche à mon humanité. Qui m'empêche de me considérer comme un spectre, comme une ombre n'existant que par les formes qu'elle peut adopter.

C'est drôle, après ma tentative de suicide, lorsque j'ai réussi à vaincre mon désespoir, je me suis cru vraiment mort. Mon corps immatériel et flou me semblait celui d'un fantôme et j'arrivais à matérialiser toutes sortes de choses à l'exception de moi-même. Cette impression étrange et transcendante m'a entraîné au-dessus d'un gouffre. Ma solitude absolue de mort en sursis chez les vivants corrodait mon esprit. Alcool, elle me grisait au delà de toute mesure. Je n'avais plus qu'un désir, trouver un creux, une structure où m'enfouir et oublier jusqu'à mon apparence.

Peut-être aurais-je fini par oser me matérialiser en fœtus, dans le ventre d'une femme? Mais Argyre veillait. Il a drainé sans relâche les marais où je me laissais couler. Il s'est fait Autre pour me constituer de force comme objet et m'ancrer au réel. Et à force d'être là pour attester mon existence, il a fini par m'y faire croire et par me ramener chez les vivants.

J'ai redécouvert mon corps blanc, mon corps vivant, vierge de toute inscription, ce corps silence qui ne parlait qu'en se transformant pour les autres.

J'ai appris à le transformer pour moi-même. Et lorsque ce corps est devenu le corps de l'Androgyne, il m'a révélé le vertige de la Totalité.

Depuis, j'ai accédé aux abysses du calme. Il arrive que tant de silence et de solitude me deviennent insupportables. Alors je suis tenté de fuir, de m'enfouir dans les vases accueillantes du vide, mais toujours Argyre veille. Il me surcharge de missions de surveillance qu'il prétend « vitales ». Et sans doute le sont-elles puisqu'elles me forcent à redevenir « vivant ». Hors du réel, on ne fait que survivre. Et la survie, avec ses échanges ralentis, est une porte entrebâillée sur la mort.

Narcisse, cet après-midi, lorsque je t'ai observée dans les bras du *Violet*, c'était avec de nouveaux yeux. Je pouvais voir comment tu abusais de l'amour de cet homme, presque en toute innocence, sans vraie perversité. Pour toi, la fin ne justifie-t-elle pas les moyens? Tu ne te sens pas coupable en faisant croire à Mauve que tu l'aimes parce que la tâche que tu t'es assignée t'exalte. Je ne comprends pas en quoi ce complot contre le Hiérarque peut élever ton esprit... Mais le fait est qu'il te rend moins futile. Je n'ai pas voulu dissimuler à Argyre le résultat de mon observation. Il me semblerait malhonnête de te protéger à ton insu. En ce moment, tu as des ailes. Et de frôler de si près le danger te donne une cruauté magnifique. Mais, dieux, que tu es loin de moi! L'idée que tu puisses te consumer dans ta quête me laisse tout à fait froid.

5

Le ciel s'était éteint.

Cendreuse, une lave de nuages recouvrait la Ville.
Elle stagnait là, immobile, absorbant la lumière et
ne laissant filtrer qu'un jour sale et fossilisé.

Comme insensible à cette pesanteur terrible, la
fille orange tournait sans se lasser sur le rythme
binaire. Le jeu alternatif de ses bras, créant la
mouvance de deux voiles sombres et clairs, suscitait
un effet hypnotique. Quelques passants s'étaient
laissés pétrifier là, et leurs yeux agrandis reflétaient
une flamme orangée.

Les deux notes répétitives, la rauque et la filée,
emplissaient tout l'espace.

Un enfant terne au sexe indiscernable manipulait
un orgue à parfums. Une bouffée de fumée épicée
succédait en mesure à une bouffée de fumée
ambrée.

Sans cesser de pincer les cordes de son bardélêm,
le scalde se mit à chanter :

« L'hydre du temps m'étreint de ses noires caresses
« Mais chaque nuit mortelle à m'enfanter ne cesse
« Je suis le sang brutal et la vie
« Et lorsqu'un jour le Gris à son bal
« Me prendra, je crierai m'apparaissant à son Nul
« Par la Couleur! Toutes les morts sont minuscules. »

Un flocon vient s'écraser sur la main de l'enfant. Une nouvelle bouffée de parfum s'évapore avant que la morsure du froid produise son effet. Dans le petit visage, les yeux s'agrandissent, luisant d'émerveillement. « Il neige », murmure le gamin.

La chute de nouveaux flocons a tourné les têtes vers le ciel. Un cri emplit alors les bouches et s'évacue dans un souffle immense de joie :

– Il neige! IL NEIGE!

– Enfin!... soupire le scalde.

La fille a cessé de danser et tend vers la nuée deux mains qui semblent supplier.

– Za'farân! appelle le scalde.

– Oui, Tango?

– Ne t'inquiète pas, elle va tenir, cette fois. Allons nous préparer pour les Niviales.

★

Narcisse se réveille dans un état second. A l'euphorie due au tsadi que charrient ses veines s'ajoute une sensation étrange. Quelque chose épaissit l'air. Quelque chose qu'elle n'arrive pas à identifier.

Elle s'assoit dans le lit et scrute la pénombre. Les ronflements de Mauve l'exaspèrent mais ce n'est pas cela qui l'a réveillée.

Une nouvelle fois, elle se sent coupable d'avoir recours au tsadi pour supporter ses ébats avec l'urbaniste. Elle se conforte le plus souvent possible dans l'idée qu'elle n'est pas malhonnête et qu'elle a de l'affection pour lui.

Elle découvre le *Violet* et l'observe d'un œil non dénué de tendresse. Le corps de Mauve est charnu, tout en courbes, et merveilleusement proportionné. Ce corps appelle la caresse et Narcisse glisse une main légère le long des lignes claires des cicatrices.

Instantanément, Mauve cesse de ronfler.

Narcisse sourit et se livre à quelques attouchements plus intimes... très vite suivis d'effet.

L'urbaniste a entrouvert un œil. Il commence à se couler vers Narcisse lorsque son regard accroche le chrono lumineux du lit.

– Uracan! rugit-il. Je devais voir Prune à onze heures!

– Je doute qu'elle t'attende encore.

– Tu aurais pu me réveiller!

– Je viens juste de me lever, tu sais.

– Bon sang, une heure de l'après-midi, c'est incroyable! Tu es sûre que ton chrono marche? On n'entend aucun bruit.

Narcisse comprend d'un coup. L'heure et l'absence de bruit, c'est ça, c'est sûrement ça. La neige. Il neige.

Elle appuie sur la commande d'ouverture des volets et se précipite vers la fenêtre. Un épais rideau blanc tombe du ciel plombé et tous les toits visibles sont immaculés.

Narcisse se retourne avec exultation vers Mauve qui l'a rejointe. Elle se blottit dans ses bras et dit dans un murmure :

– Il neige. Enfin!... Nous allons pouvoir attaquer la deuxième partie de notre plan.

★

Comme un boulet, Sandyx file dans le palais de Tigre. Ses mains sont serrées sur deux sphères de cristaux blancs tassés. Elle manque percuter une porte qui ne coulisse pas assez vite, fait irruption dans le salon et, sautant sur le *Multi*, glisse une boule dans son encolure.

– Aaaah! Qu'est-ce que c'est que ça? miaule Tigre, tout en essayant désespérément d'écarter l'objet fondant et glacé de son ventre tiède.

– La neige, mon vieux Tigre! La neige est enfin là. C'est la fête!

– Tes manières sont vraiment déplorables, ma petite. Et tu ne penses qu'à jouer. Je te croyais chargée d'une mission?

– Rien n'est incompatible. De toute façon, j'ai la vie devant moi. Aujourd'hui tout est permis. Et ça, il faut en profiter!

Dansant de joie, Sandyx se dirige vers Raudh.

Absorbée par sa contemplation des poissons chromatophores, la petite fille n'a pas levé la tête de l'aquarium sur lequel son nez pourrait tout aussi bien être collé.

Sandyx relève jusqu'à l'épaule la manche de son sayon rouge et plonge la main qui tient la boule de neige jusqu'à la faire coïncider avec les yeux de la fillette.

Tigre a suivi la scène d'un air désabusé. Il se fait le pari que Sandyx ne réussira pas à éveiller l'intérêt de Raudh. Pour ce qu'il connaît d'elle, cette gamine a toutes les apparences d'une morte-vivante. Elle est si pâle qu'elle fait virer le rouge qui colore sa peau. Ses yeux sont deux trous sombres et vides, sa bouche semble avoir dévoré ses lèvres tant elle est close. Quant aux cheveux, c'est une broussaille tellement hirsute que même un pou ne s'y faufilerait pas...

Perdu. Raudh a relevé la tête. Pour la première fois, Tigre voit s'allumer une étincelle dans les yeux de l'adolescente. Cela l'émeut étrangement. Comme s'il assistait à une résurrection. Il y a quelque chose de sacré dans la façon dont ces deux filles se regardent maintenant, dans le geste de Sandyx tendant à Raudh la boule ruisselante, dans le sourire qui détend enfin la bouche de la gamine. Tigre en oublie de respirer.

★

Dès les premiers flocons de neige, Argyre s'est enfermé dans l'Observatoire. Cela fait plusieurs heures qu'il passe de canaux en canaux dans une excitation voisine de la transe. A l'idée des transgressions qui vont lui échapper, ses yeux brûlent de fièvre. Mais il faut bien se résigner. Ainsi le veut la Règle. Lorsque la neige ensevelit la Ville, absorbant ses couleurs, nivelant les strates, gommant les différences, le Hiérarque déclare ouvertes les Niviales. Chacun peut, à cette occasion, usurper la couleur, à l'exception du Vert et du Noir. L'Ordre et les Tenants de la Règle ne sauraient être remis en question.

La fête de l'égalité va durer trois jours. Trois jours de délires au bout desquels les urbanistes réchaufferont la Ville. S'il reneige au cours du cycle, ils ne laisseront pas la neige s'installer. Les Niviales n'ont lieu qu'une fois l'an.

Argyre a beau se dire que cette catharsis vient à point pour liquider le ressentiment grandissant dans les strates inférieures, il souffre de tout son corps. Ses dents grincent tandis qu'il saute de canaux en canaux, observant sans relâche les préparatifs joyeux de ses concitoyens. Comme il se sent loin de leur plèbe! Et pourtant, comme elle le touche, au plus profond...

★

Sur la plus haute terrasse de la plus haute tour, tous les matins, avant le jour, Sélèn vient contempler la Ville dans la lumière obscure et glacée de la nuit finissante.

Tous les matins, il écoute le vent pris au piège de la harpe éolienne installée sur la tour. Le vent qui murmure, claque, hulule un épithalame bientôt interrompu par un hymne guerrier. Le vent qui tient avec la Ville le discours premier, le discours élémentaire sifflé depuis l'aube des temps dans le labyrinthe des pierres.

Tous les matins, ce spectacle magique, immuable et pourtant toujours renouvelé, rattache Sélèn à sa vie.

Aujourd'hui, la Ville est un mandala si pur qu'il en est féerique. Sélèn s'émerveille de cet immense corps blanc, du même blanc que le sien. C'est une sensation étrange, précieuse, inusitée, que cette adéquation totale. Et lorsque les rayons du soleil embrassent ensemble la surface neigeuse et sa robe irisée de chorège, Sélèn ébloui découvre que lui et sa Ville ne font réellement qu'un. IL EST LA VILLE.

★

Neuf heures. Un hurlement d'approbation ponctue le discours d'ouverture des Niviales. Toute une foule s'est rassemblée sur le forum de la Guilde pour voir son chef procéder au rituel de l'inauguration.

Drapé dans sa cape de fourrure noire bordée d'hermine, le Hiérarque s'est levé. Il se dirige vers l'autel où l'attendent les sept coupelles des poudres pyrophoriques.

Activées par un léger mouvement du poignet, les poudres s'enflamment, les unes après les autres, dégageant dans une odeur âcre leurs lourdes fumées colorées.

Enfin vient le moment que tous attendent. Un hiérophante vient d'apporter sur l'autel une vasque de cuivre où ronfle un petit brasier. Le Hiérarque y déverse les poudres enflammées. La rouge, la brune, l'orangée, la bleue, la violette, la jaune et la blanche ne sont bientôt plus qu'une vapeur intense et multicolore qui s'étale en brouillard irisé au-dessus des têtes.

Instant magique. Le silence est total sur le forum. Enfin, les rayons du soleil percent la nuée polychrome et un formidable « hourra » jaillit de toutes les poitrines. La fête peut commencer.

★

Sélèn attend, fiévreux, tendu. Argyre et le Hiérarque l'ont persuadé d'assumer la chorégie qui accompagne toujours l'ouverture des Niviales.

Sept cycles seulement ont coulé depuis le suicide manqué du chorège; cet honneur lui semble disproportionné. D'autant qu'il n'est pas encore réapparu en public et qu'il n'est pas certain de pouvoir mener à sa conclusion une chorégie aussi difficile.

Devant Sélèn, le soleil froid glisse sur le camaïeu bleu des échoppes barrées de guirlandes criardes. Une houle de têtes bruyantes ondule autour de l'aire que finissent de sacraliser les prêtres.

Le tracé du mandala achevé, le coryphée se dirige

vers le bardélêm sacré. Le chœur gronde en harmonie avec la note d'appel. Un silence troublé s'appesantit sur l'assistance. Sélèn s'avance vers le mandala.

Posture... Contrôle du souffle... Concentration... Effacement du corps... Méditation... Mutation...

Ce qui suit est presque indicible.

Sélèn est devenu LE CHAOS ORIGINAIRE.

Totalité confuse et amorphe, il envahit la place de volumes sombres aux mouvements aquatiques. Une forme fantomale et féminine se faufile entre deux eaux vers un double masculin. Puis le corps multiplié se dissout dans les ténèbres du Non-Etre.

Calme infini et infinie solitude émanent de cette entité océane.

Hiératique, l'assistance observe un silence religieux.

Alors un grondement tellurique monte du plus profond de la Ville. Il s'étire, terrible, des infra-sons aux ultra-sons.

Tout vibre.

Et l'auditoire délivre enfin ce cri :

– La Ville! La Ville parle!

Le son vertigineux roule d'un bord à l'autre de l'horizon pendant que sur la place, le Chaos / Sélèn s'ouvre comme s'il était frappé par une épée géante.

Et tandis que le discours dément de la Ville explose et rejaillit follement, les eaux de l'Océan Primordial se fractionnent en mille éclats furieux pour donner enfin naissance à la Terre dans la lueur livide de l'aube qui la révèle. Entre Ciel et Terre maintenant séparés se déploie le pont magnifique d'un arc-en-ciel. Emergence d'un monde dans le ruissellement des couleurs.

La voix du Titan s'éteint dans un soupir sensuel. Les épousailles de la Ville avec le chorège sont terminées.

Cassure du retour au réel. Sur le forum, les regards se croisent sans se voir. L'un d'eux, noir et vague, s'est rivé au visage du chorège.

Absorbé d'un coup lorsqu'il sort de sa transe, Sélèn est renvoyé au Chaos dont il vient. Toutes les fibres de son être se révulsent dans leur tentative d'échapper à ce piège.

Une tempête de sentiments et d'émotions contradictoires bouleverse Narcisse. Près du chorège à le toucher, elle ne parvient pas à rompre le lien qu'elle lui impose contre sa volonté.

Un prêtre s'interpose. La transparence de ses iris où la pupille étrécie semble celle d'un chat délivre l'hétaïre du charme qui l'enchaînait à Sélèn. Elle fait volte-face et s'enfuit.

★

Après s'être enivrées de vitesse, de givre et de froid sur les toboggans de descente, Sandyx et Raudh ont emprunté un puits ascensionnel pour remonter plus vite.

Leurs visages jumeaux, peints par un saï selon les directives de Sandyx, sont fractionnés en dizaines de carreaux distribués de part et d'autre d'une ligne médiane, tous de couleurs différentes, réparties de façon à sculpter le visage. Ces tableaux vivants recouverts d'un vernis élastique apparentent les deux filles à des statues animées, sans âge ni âme, affublées de surcroît d'invraisemblables oripeaux.

Sixième strate. Sandyx presse Raudh qui s'attarde.

– Dépêche-toi! Nous allons manquer le début du feu d'artifice!

Les deux filles s'intègrent dans un flux de créatures bariolées dont elles seraient bien en peine de dire le sexe ou la couleur d'origine.

Enfin, à force de pousser, piétiner, se faufiler, elles parviennent à la rambarde qui surplombe le vide.

Kaléidoscope de lumières violemment coloriées, la Ville clignote. Une rumeur excitée s'épanche dans la nuit délavée. Sandyx se sent légère, légère, et passe un bras autour des épaules de Raudh, comme pour se retenir au réel.

Une détonation sèche comme un éclat de verre et la première fusée troue le ciel, accompagnée d'un murmure survolté. Un mouvement grégaire pousse la foule en avant. Sandyx doit jouer des coudes pour empêcher la masse aveugle de l'étouffer contre la muraille.

Et puis gerbes, fontaines, tourniquets, emplissent tout le ciel jusqu'à faire pâlir les étoiles. La nuit remue, se brise, s'ouvre, vomit des trombes scintillantes. Ténèbres et flammes alternent, dessinant des labyrinthes infinis. Bientôt, entièrement irradiée, la nuit brûle. Démons et merveilles. Le Chaos de retour.

Raudh se frotte les yeux comme si on venait de l'arracher au plus profond sommeil. Sous ses paupières, l'explosion des phosphènes succède au bouquet final.

Sandyx, muette, appartient encore à la nuit grise où s'évaporent de lents panaches irisés.

La foule attend un moment l'éclosion d'une dernière fusée et, son espoir déçu, se résigne à refluer vers les puits de descente.

Le desserrement de l'étreinte réveille Sandyx. La bousculade l'a séparée de Raudh. Elle se hâte vers son amie qui se laisse porter par le cortège.

– Viens, lui dit-elle. Laisse les puits à ces incurables moutons. Il y a des accidents tous les ans. As-tu envie de te faire tuer? Allez, sus au toboggan bleu!

Marchant à contre-courant, les deux filles écrasent nombre de pieds avant d'atteindre le tremplin.

Sandyx éclate de rire en découvrant l'embarcadère bleu. Le petit groupe qui attend là n'est pas composé de plus de dix personnes. Habitude, quand tu nous tiens! Ce transport de privilégiés a beau être libre et gratuit pour tous à l'occasion des Niviales, seuls les enfants ont le désir – et l'idée! – de l'emprunter. Pourtant, c'est le moyen le plus rapide de rejoindre l'étage de la Guilde. Le forum des marchands centralise tous les événements des Niviales.

Son tour venu de s'installer dans un traîneau, Sandyx boucle son casque, les sourcils froncés. Elle vient de réaliser à quel point les manifestations, – n'importe quelles manifestations –, se concentrent sur ce forum.

Que les échanges commerciaux en soient facilités, elle l'admet volontiers, mais est-ce une explication suffisante? Comment ne pas faire le lien avec cette évidence : les *Bleus* vivent dans l'ombre des *Verts*. La place est sous surveillance immédiate. En cas d'émeute, elle serait tout de suite investie... Sandyx secoue la tête, un geste symbolique pour chasser les pensées déprimantes.

Le traîneau freine dans un sifflement assourdi et s'arrête en bout de rampe. La jeune fille se libère en souplesse du harnais et délivre Raudh, empêtrée dans les courroies. Puis les deux filles se hâtent vers le forum. La parade des artistes va commencer. Il s'agit de ne pas arriver en retard!

Sur la place, l'excitation est à son comble.

Dans les brûle-parfums, divers alcaloïdes se consument et un nuage épais de vapeurs enivrantes plane à hauteur d'homme.

Aux fontaines festives, dionis et mescal coulent à flots, parachevant l'ivresse du plus grand nombre.

Les couleurs saturées des guirlandes, les mets épicés ou sacrés qui croulent des étals, les odeurs âcres et entêtantes, la griserie des alcools conjugués, tout concourt à créer cette alchimie des sens qui prélude aux délires, aux plus folles transgressions.

Mais voici les artistes. Accompagné par un joueur de diaule, le Nixe s'avance pour annoncer:

– LE CARNAVAL DES ANIMAUX!

Dans le génie des eaux, Sandyx a reconnu Tango, un scalde qu'elle connaît bien pour ses incitations voilées à la révolte. Très apprécié de ses pairs pour son imagination débordante, il est souvent promu par eux au rang de Nixe des Niviales, éphémère souverain des artistes.

Le corps nu de Tango est enduit d'un liquide fluorescent. Sandyx se demande comment le musicien supporte le froid. Elle n'ignore pas le contrôle qu'il exerce sur ses fonctions vitales, mais elle n'en est pas moins impressionnée. Ce corps orangé irradie une lueur qui semble difficilement imputable à la seule fluorescence.

100

Montant sur une petite estrade dressée sur des tréteaux au centre de la place, le Nixe répète, de la même voix rauque et forte :

– LE CARNAVAL DES ANIMAUX!

Chacun à leur tour, les artistes escaladent les planches grossières qui les portent au pinacle et les quittent – après s'être fait admirer – dans des pirouettes grotesques ou compliquées. Ils montent, les uns après les autres, vêtus de toges orangées lumineuses et, une fois sur l'estrade, ils appliquent contre eux des masques d'animaux sous lesquels pend une vêture, noire ou verte.

Dans l'assistance, quelques physionomistes crient au fur et à mesure les noms des prêtres ou des serdars représentés par les caricatures animales.

A chaque nouvelle apparition, le public se tord de rire. Les artistes ont magnifiquement interprété la Règle. S'ils n'ont pas, eux, le droit d'usurper les couleurs de l'Ordre et du Pouvoir, leurs mannequins peuvent le faire à leur place.

Enfin, le Nixe reste seul et brandit haut son sceptre en criant :

– Et voici leur maître à tous!

Le sceptre est une marotte. Il est surmonté d'une tête coiffée d'un capuchon à grelots. Et cette tête moustachue à la crinière léonine, à n'en pas douter, c'est celle du Hiérarque!

Un long moment, le Nixe tourne, exhibant son trophée.

Pendant ce temps, deux artistes ont posé sur l'estrade deux vasques. Dans l'une d'elles brûle un petit feu, dans l'autre somnole un fluide épais.

Sur la place, c'est l'hystérie générale. Tout un peuple trépigne, hurle, bat des mains.

Alors le Nixe solennel baisse le bras qui tient le

sceptre. Et lorsqu'il se penche pour tremper la marotte dans le liquide poisseux, l'assistance fait silence. Tout le monde a compris.

Quelques instants plus tard, le faciès de cire du Hiérarque coule irrémédiablement sous la morsure des flammes qui le couronnent. Insensible aux gouttes visqueuses qui doivent lui brûler le bras, le Nixe lève le sceptre comme si « quelqu'un » risquait de ne pas voir.

C'est fini. Le masque est fondu. Sandyx est éblouie d'admiration. On ne pouvait inventer un geste plus iconoclaste!

★

Il neige depuis l'aube. Le froid tranchant fixe la couche poudreuse sur les toits et dans les ruelles. Des stalactites dessinent des frises translucides aux rebords des loges. En passant, les gamins accrochent toutes celles qu'ils peuvent atteindre. Elles se brisent avec des sons cristallins.

C'est le deuxième jour des Niviales et le troisième matin où Narcisse néglige de colorer sa peau.

Près de la fenêtre, dans la lumière blanche, l'hétaïre observe son reflet dans un miroir. Ses mains viennent palper les méplats du visage où les pigments photosensibles ne subsistent qu'à l'état de traces.

Narcisse aime se contempler au naturel. Elle n'a pas l'intention de se badigeonner de couleurs criardes telles ces meutes de fous qui hurlent dans la Ville.

Non, pour une fois qu'elle peut en profiter, elle ne va pas se priver de sa couleur originelle. Elle n'utilisera qu'un voile de fard transparent et doré pour en raviver l'éclat.

Narcisse bâille et s'étire. Elle se sent lasse. La nuit dernière, Mauve lui a fait visiter quelques-uns des postes de commande à partir desquels les urbanistes agissent sur la cité. Et, bien sûr, il lui a expliqué le maniement de tout ce qui pouvait servir leur plan.

Ce soir, à minuit, elle s'enfoncera dans le cœur de la Ville. Ce soir, Mauve la présentera à l'entité qui gouverne la Ville : l'Ordinateur Central. Les quelques clés qui lui manquent encore lui seront révélées. Elle aura cueilli tous les fruits de sa liaison avec Mauve et elle n'aura même plus besoin de lui pour arrêter une stratégie.

Elle se laisse aller sur le lit. Six heures du soir... Il faudrait qu'elle dorme. Mais sans le secours d'un somnifère, elle sait qu'elle retrouvera les yeux bleus de Sélèn et ce lien renoué lors de la chorégie de la Cosmogonie. Tout à l'heure, elle s'est réveillée en hurlant, trempée de sueur et saisie par l'horrible pressentiment de sa mort. Elle n'avait pas dormi cinq minutes.

« Sélèn, murmure-t-elle, serais-tu capable de me tuer pour te venger ? »

Elle retourne à la fenêtre.

Le vent s'est levé et déchiquette les nuées. Le crépuscule les enflamme d'une lueur sinistre. L'hétaïre frissonne.

Allons, elle ne va pas rester plantée là alors que la fête gronde en bas. Pourquoi n'en profiterait-elle pas ?

Elle sort d'un coffre la robe prévue de longue date pour la circonstance. Un vêtement long et blanc, doublé d'une fine fourrure, ajusté de façon à dévoiler toutes les lignes du corps.

Deux fers de lance stylisés ont été cousus recto verso. Leur noir profond tranche sur la surface immaculée. Avec un frisson, Narcisse réalise qu'elle s'est choisi le costume de la dame de pique. Décidément, la mort la poursuit.

Refusant de s'attarder sur ce sombre présage, l'hétaïre cache ses cheveux sous un boléro blanc. Un loup, blanc lui aussi et barbu de dentelle, finit de masquer son visage. Elle est prête.

Une heure plus tard, la volonté désespérée de se mettre au diapason de la Ville l'a fait boire à toutes les sources.

Totalement, merveilleusement ivre, Narcisse, dans un effort pour échapper au vacarme, se réfugie dans les ruelles bleues qui rayonnent autour du forum de la Guilde.

De place en place, une lueur crue vient troubler la pénombre et ce contraste répété agit comme une drogue sur l'esprit réceptif de l'hétaïre. Magnétisée, elle chaloupe entre deux murs de neige et lorsqu'elle aperçoit au loin une silhouette illuminée, elle croit d'abord être victime de ses sens déphasés.

Mais le mirage se rapproche, la forçant à se rendre à l'évidence. Quelque chose vient vers elle. Elle ne jurerait pas que c'est humain, mais cela ressemble à un cavalier de sexe masculin recouvert jusqu'au masque d'une myriade de micro-ampoules allumées.

Au moment de la croiser, l'Etre s'arrête.

Allons, il s'agit bien d'un humain, pense Narcisse avec une moue désabusée.

– Belle dame, demande le cavalier, permettrez-vous au Prince des Ténèbres de vous accompagner?

« En fait de Prince des Ténèbres, tu serais plutôt Prince de la Lumière, se dit l'hétaïre. Et ta voix est peut-être agréable mais je la jurerais synthétique ! »

Narcisse poursuit sa route mais ne peut résister au plaisir d'entrer dans le jeu.

– Et dites-moi pourquoi je lui accorderais autant de liberté ? interroge-t-elle d'une voix qui minaude.

– Niviales et sortilèges de la nuit, ce soir, tout est permis !

– Ma liberté n'est pas la vôtre, monsieur le cavalier. Et je vous saurais gré de cesser de m'importuner.

– Est-ce un souhait sincère ? Répondez en toute honnêteté.

Le souffle coupé par tant d'audace, Narcisse ne sait que répondre. Elle se sent molle, alanguie, et ne voudrait pas que le jeu se termine si vite.

– Comment t'appelle-t-on, beau cavalier ?

– Comment pourrait-on m'appeler si ce n'est Lucifer, le porteur de lumière ! Belle dame, accordez-moi un baiser.

– N'as-tu pas peur de la dame de pique ?

– La mort est ma compagne. Elle me livre ses proies.

Effrayée par ces paroles sibyllines, Narcisse voudrait fuir, échapper à cet homme qui la tire vers l'ombre d'une venelle. Elle sait que nul ne lui viendra en aide. Les loges sont désertées. Il ne servirait à rien de crier.

Elle gémit lorsque le cavalier la plaque contre une porte. Une bouche chaude se saisit de ses lèvres. C'est ma faute, pense l'hétaïre, je suis noire et il est la lumière. Il a pouvoir sur moi.

Le cavalier a ouvert son habit lumineux du menton jusqu'au sexe. Il relève la robe de l'hétaïre, sous laquelle, pure provocation, elle a choisi de rester nue. Après avoir écarté ses nymphes de ses doigts sans douceur, il la possède avec violence.

Cela dure si longtemps que Narcisse finit par céder au feu étrange qui brûle ses reins. De sombres pulsations contractent son périnée, la poussant à bouger sur le membre qui, tout à l'heure, la forçait.

Lentement d'abord, puis plus vite, toujours plus vite, les vagues qu'elle chevauche l'emportent. Elle naufrage enfin, balayée par le mascaret du plaisir.

Comme s'il n'avait fait qu'attendre ce moment, le cavalier lumière se cabre et jouit dans un cri rauque. Ensuite, comme épuisée, sa tête vient se blottir dans le cou de Narcisse et s'alanguit là, haletante, durant quelques instants.

L'homme semble enfin recouvrer ses esprits. En rompant leur étreinte, il rompt aussi le charme vénéneux qui vient de les souder l'un à l'autre. Il referme son costume d'un revers du pouce et s'incline très bas.

– Merci, murmure-t-il d'une voix rauque.

Il fait volte-face comme on pirouette. Son départ ressemble à une fuite.

Brisée, Narcisse l'a regardé s'éloigner, ruisselant de lumière. Elle ne parvient pas à comprendre ce qui s'est passé. A-t-elle besoin d'être forcée pour éprouver du plaisir? Quelle dérision! Et ce regret qui la prend à l'idée qu'elle ne saura jamais le nom de son agresseur! Ridicule! Il lui faut se reprendre.

D'un air absent, l'hétaïre frotte une poignée de neige sur son sexe meurtri. La morsure du froid lui rend sa lucidité. Elle achève rapidement ses sommaires ablutions. Sa mission l'attend.

★

Dans la nuit mordorée, Sélèn, grisé d'odeurs, de lueurs et de la formidable rumeur qui fait bourdonner la Ville, flotte de place en place, dans un état second.

Hier, le choc de ses retrouvailles physiques avec l'hétaïre l'a laissé sans forces. Il lui a fallu plusieurs heures et l'aide puissante d'Argyre pour sortir du flou où il s'était réfugié. Hier.

Hier, c'est le passé. Et Sélèn a refusé une fois pour toutes de regarder en arrière.

Argyre, aujourd'hui, lui a intimé l'ordre de se confiner au temple pour ne pas risquer de rechute. En pure perte, bien sûr. Sélèn lui a fait comprendre qu'il ne tiendra aucun compte de ses directives. Jamais plus il ne vivra blotti dans un cocon. Et s'il doit se brûler les ailes, tant pis. Au moins les aura-t-il déployées.

Dans la nuit mordorée, Sélèn flotte, matérialisant ici et là des rondes de noctiluques. Les petites sphères molles et brillantes l'accompagnent un moment, lui faisant une sorte de traîne, puis lentement se dissolvent et retournent à l'obscurité d'où elles furent engendrées.

Au hasard de ses rencontres avec les noctambules, le chorège joue au jeu pervers de l'identification. Leurs identités volées, bien peu de ces fêtards embrumés d'alcools et de drogues sont en mesure de les reconnaître.

Il arrive pourtant que l'un d'eux se retourne et que, saisi d'une impression d'inquiétante étrangeté, il suive longtemps des yeux son double, qui se délite, au loin.

Dans la nuit mordorée, exalté par un trouble sentiment de puissance, Sélèn flotte.

Il est léger comme un bouchon de liège.

La nuit le porte.

★

Proie d'une surexcitation totale, Tigre ne cesse de jurer tout haut.

– Uracan! je l'ai fait! Uracan! J'ai fini par le faire!

Ses pupilles sont dilatées et ses yeux luisent d'un éclat fou.

C'est alors qu'il aperçoit l'étonnante lueur qui s'avance vers lui. Un effort d'accommodation lui révèle une silhouette si semblable à la sienne que c'en est proprement ahurissant. Comment ce passant a-t-il pu copier son costume?

Le cavalier lumière vient droit sur lui. Lorsqu'il n'est plus qu'à deux pas, le *Multi* pousse un cri d'angoisse. La tête masquée quelques instants plus tôt s'est mystérieusement dénudée. Et ce visage... ce visage... c'est le visage même de Tigre.

Son double le scrute avec une expression terrible où l'accusation se mêle à la moquerie.

Terrorisé, Tigre a fait quelques pas en arrière. Un mur de neige l'arrête.

– Lucifer! murmure-t-il en tendant les deux bras en avant comme pour repousser l'épouvantable apparition.

Lamentable, il ajoute:

– Pitié, j'ai péché, mais ne m'emporte pas!

En face de lui, le cavalier lumière rit sauvagement et s'éloigne, accompagné du halo scintillant de ses micro-ampoules.

Tigre est tombé à genoux et pleure à gros sanglots. Dégrisé, il a l'impression d'émerger d'une souille. Il se sent sale jusqu'à la moelle des os. Comment a-t-il pu violer l'hétaïre? Et pourquoi justement elle? Quelle déraison perverse a-t-elle pu le jeter sur Narcisse?

Il frissonne.

Un fauve terrassant sa proie.

Déchirement délicieux...

C'est absurde, l'hétaïre est la première femme avec qui il réussit à s'apparier et elle ne le saura jamais.

Un flocon de neige s'écrase sur les pavés boueux. Puis un autre, et un autre encore. Il neige. Et Tigre se sent soudain pacifié. Comme si cette blancheur le lavait de son impureté.

★

« Courez, courez, fourmis chamarrées. Vous n'échapperez pas au fourmi-lion. Vous pouvez certes vous en moquer. Tôt ou tard, vous tomberez dans l'entonnoir. »

Penché sur ses écrans, Argyre marmonne.

« Toi aussi, hétaïre. Hâte-toi vers ton mirage! »

Trébuchant sous la neige qui tombe à gros flocons, Narcisse touche à son but secret. Argyre n'en doute pas une minute. Il la voit monter dans le vertiligne violet et programmer la station du cinquième. Il passe sur le canal adéquat et n'est pas étonné de reconnaître Mauve qui vient de laisser passer une rame et attend donc quelqu'un. L'hétaïre, bien sûr. C'est lumineux. De fait, l'urbaniste se précipite vers Narcisse lorsqu'elle débarque et la serre étroitement dans ses bras.

L'hétaïre s'est dégagée dans un mouvement impatienté et Mauve l'entraîne maintenant dans les ruelles glissantes. Argyre peut parier sur leur destination. C'est plus qu'une supposition, presque une certitude.

Par le Chaos! Pourrait-il s'être trompé? Oh non! Ce *Violet* ne peut pas enfreindre la Règle à ce point! Uracan! Va-t-il oser risquer la vie de Narcisse et la sienne?

Après être passé sans ralentir devant les constructions qui abritent les postes clés tenus par les *Violets*, Mauve s'est arrêté devant l'ombilic de la Ville. Une porte rigoureusement interdite à tout profane.

Va-t-il oser?

Comme figé dans une stase temporelle, il semble hypnotisé par l'huis rond qui dessine un serpent enroulé sur lui-même.

Inquiète de le voir différer leur entrée, Narcisse s'impatiente.

– Quelqu'un peut nous voir. Ouvre vite! supplie-t-elle.

Mauve sort de sa transe. Il frissonne comme s'il évacuait de son corps les pensées délétères qui viennent de le clouer sur place. Sans même jeter un coup d'œil alentour, il sort d'une poche une lourde clé ronde et l'engage dans l'huis. Dans un geste simultané, il appuie au centre les cinq doigts de sa main gauche réunis en faisceau.

Argyre se casse en deux sur la douleur qui broie ses côtes. Le souffle coupé, il avale l'air à petits coups convulsifs.

L'ombilic s'est ouvert. Narcisse et Mauve pénètrent dans les entrailles de la Ville.

Argyre étouffe. Ils ont osé. Le viol est perpétré et

110

seule une danse de mort pourra laver leur souillure.

Le diaphragme du prêtre se soulage d'expulser l'anathème. Tout est consommé, Mauve et Narcisse se sont eux-mêmes condamnés à mort.

... Se sont-ils *vraiment* condamnés à mort? se demande Argyre, soudain pris d'un doute. Mauve, c'est sûr. Un récidiviste qui se rend coupable d'un tel crime ne peut encourir que la peine capitale. Mais Narcisse? Son passé est vierge de toute infraction. Ne pourra-t-elle plaider avoir été entraînée presque contre son gré?

Argyre ne veut pas que Narcisse survive à Mauve. Il sait, lui, que c'est l'hétaïre qui a entraîné l'urbaniste à l'aide de son amour impur. Sans elle, jamais Mauve ne serait repassé à l'acte. Pas si vite, en tout cas. Pas sans avoir laissé à son corps le temps d'effacer les marques de la danse de semonce.

Mauve entraîne Narcisse de terminal en terminal, lui expliquant les codes des imprimantes, et comment passer en vocal.

Tout à l'heure, c'est sûr, il lui montrera le réacteur thermonucléaire, matrice secrète où la fusion de l'hydrogène dégage la formidable énergie qui nourrit la Ville.

Argyre prend une brusque décision. Qu'ils aillent donc au bout de leur plan. Un complot ne peut s'ourdir sans complices. Autant éliminer d'un coup toutes les vipères que la Ville réchauffe en son sein! Il sera toujours temps d'intervenir lorsque le projet séditieux menacera la sûreté intérieure.

Tout en bas, Mauve est parvenu à la pile atomique. Il en expose le fonctionnement à l'hétaïre. Argyre ne peut s'empêcher d'admirer l'extrême clarté du discours du *Violet*. L'intelligence du garçon le fascine. Pourquoi donc la nature a-t-elle créé la femme, ce démoniaque complémentaire à l'homme? Sans l'incurable légèreté de l'autre sexe, les choses seraient tellement plus simples. Et comment ne pas rêver d'un monde débarrassé de l'éternel féminin? Un monde où les hommes, ayant enfin accédé à leur sexualité solaire, se reproduiraient par eux-mêmes?

Le prêtre s'arrache difficilement à son rêve totalitaire. Le temps a coulé. Mauve et Narcisse prennent l'ascenseur qui mène à la sortie.

Argyre ricane. Si Neel était encore de ce monde, la légèreté de son supérieur s'abstenant de prendre « les mesures qui s'imposent » le laisserait sans voix. Ou plutôt ce seraient d'interminables récriminations sur le rôle des prêtres et le respect dû à la Règle.

« Les mesures qui s'imposent! » Argyre rit à nouveau, franchement cette fois, au souvenir de cette formule toute faite dans la bouche inlassable de Neel.

Quelle chance d'avoir pu supprimer ce témoin gênant! Et le Hiérarque qui permet à son favori de continuer seul sa lourde tâche... Tout en lui défendant – avec une compassion évidente – de se laisser écraser par elle!

Argyre se demande si ces œillères sont vraiment aussi grosses ou si le Tout-Puissant se moque de lui...

A la réflexion, les œillères sont plus probables. Le *Noir* a-t-il oublié si vite les intrigues qui l'ont porté au Pouvoir?

★

– Chaos et Anarchie!

– Que la Couleur t'avale...

Riant comme une perdue, Sandyx a sauté au cou de Tango, accablant l'artiste de superlatifs pour sa mirifique représentation du premier soir des Nivia-les et s'effrayant des risques qu'il a pris.

– Tout doux, ma belle! dit le scalde dans un sourire. Ces risques, je ne les ai pas pris tout seul, quand même! Crois-moi, cette opération était très calculée. Si les noirauds décident de faire de moi leur bouc émissaire, c'est au bloc orangé tout entier qu'ils auront affaire. Et, dans ce cas, il leur faudra faire face à quelques petites surprises.

L'air dubitatif de Sandyx provoque un grand éclat de rire, tant de Tango que de sa compagne. L'expression courroucée de Sandyx – qui déteste avoir l'impression que l'on se moque d'elle – fait redoubler leur rire d'une façon si communicative que la jeune fille finit par y céder à son tour.

Ce n'est pas un hasard si l'adolescente vient de rencontrer le scalde. Elle a laissé Raudh chez le Tigre et s'est laissée couler jusqu'à la deuxième strate sur le toboggan brun. Le « carnaval des animaux » l'a persuadée que les artistes l'aideraient dans sa quête.

Mais tout d'un coup, l'adolescente hésite. Tango est tellement plus vieux qu'elle. Ne va-t-il pas lui rire au nez, encore une fois? Et d'un rire sans appel, définitif?

Sandyx serre les poings comme pour y écraser sa peur.

Tout de même, il est trop tard pour reculer, il faut

qu'elle parle. Il le faut. Elle le doit à Raudh, à elle-même, à toutes les femmes forcées contre leur gré. Mais qu'il est dur de plaider pour les femmes en s'adressant à un homme!

– Tango, m'aiderais-tu à renverser le Hiérarque?

Voilà. Elle s'est lancée. C'était simple, finalement. Quoiqu'il arrive, maintenant, elle aura essayé.

Tango ne rit pas. Il dévisage Sandyx avec des yeux agrandis où la jeune fille ne sait quoi lire et s'exclame :

– Holà! Comme tu y vas! Et d'abord, d'où te vient cette idée?

Et Sandyx raconte. Son expérience – déjà – de femme. Et surtout ses discussions avec le *Multi*. Le scalde la scrute, l'air attentif. Quand cesse le monologue, il garde un moment le silence. Un long moment. Sandyx se consume dans cette attente.

– C'est peut-être le pion qui nous manque... dit-il enfin, rêveur.

Au tour de Sandyx d'écarquiller les yeux.

Doit-elle entendre que les artistes eux aussi ont un plan?

A sa question fiévreuse, Tango répond par l'affirmative.

– Assieds-toi, dit-il en riant de la voir vaciller. Za'farân, va donc nous chercher le vin de prunelle. Et ramène quelques fruits.

Des fruits, en cette saison? Et quel est ce vin dont il parle?

– Nous allons fêter notre alliance avec une liqueur dont tu me diras des nouvelles. Je la fabrique moi-même.

– Mais avec quoi?

– Un peu de patience. Voilà Za'farân. Tu vas pouvoir juger par toi-même.

Religieusement, le scalde verse dans de beaux verres transparents un liquide d'un rose profond tirant sur le rouge. Il lève son verre, faisant miroiter son contenu dans la lumière et dit, le portant à ses lèvres :

– A la chute de Babel!

Avec précaution, Sandyx boit une gorgée. C'est à la fois fort et doux, très fruité, avec un arrière-goût divin et indéfinissable.

– C'est un nectar digne de la Couleur, n'est-ce pas? interroge le scalde, quêtant une approbation.

Mais Sandyx a la bouche pleine. Sans attendre, elle l'a remplie d'une deuxième gorgée. Et elle ne veut pas avaler tout de suite pour laisser à son palais le temps de s'imprégner de la liqueur.

Jugeant suffisant cet acquiescement gourmand, Tango attend que l'adolescente ait terminé son verre avant de lui tendre un panier où s'entassent de petites baies bleu ardoise, fripées et bien peu engageantes.

– Et voilà le produit de base. Tu peux goûter. Ce n'est pas mauvais du tout.

Avec suspicion, Sandyx porte un des fruits à sa bouche. Peu de chair, mais très parfumée, douceâtre et un peu âcre. Rien de comparable, en tout cas, à la délicieuse liqueur.

– Ça vient d'où, tout ça? interroge-t-elle. Je n'en ai jamais vu! Et comment te procures-tu des fruits en plein hiver? Les portes sont fermées!

– Ce sont des prunelles. Ça pousse sur des arbustes qui prolifèrent sur le Mont Orient. Je les ai eues par les *Sancous*. Troquées par-dessus le rempart des *Rouges* en échange de viande synthétique. La chasse n'est jamais bonne pour eux, en hiver.

Sandyx a souvent entendu parler du troc avec les *Sancous*. Un troc très mal toléré par les prêtres mais florissant. Elle n'avait jamais compris jusque-là ce que les décolorés pouvaient avoir à échanger. Des produits frais, bien sûr. Et en hiver, avec l'arrêt des cultures et la fermeture des portes, ils sont inestimables.

Achevant d'avaler le contenu d'un deuxième verre, Sandyx se laisse envahir par une bienheureuse torpeur. Autour d'elle, le brouhaha joyeux s'est un peu estompé. Les notes claires d'une diaule s'imposent sur le bruit de fond. Sandyx fait un geste vague en direction de la fête et dit d'une voix pâteuse :

– Pagaïe! Je voudrais que cela ne finisse jamais!

– Allons, réplique le scalde. Tu trouverais les Niviales atrocement ennuyeuses si elles duraient toujours. Ce qui fait leur prix, c'est leur rareté, non?

– N'empêche, penser que ça finit ce soir, ça me fait mal au ventre!

★

Les Niviales étaient accomplies.

Les trois jours avaient filé comme l'eau dans la rivière. Qu'en restait-il?

Des souvenirs colorés comme des cabochons. Précieux ou toc, quelle différence? Sans doute les premiers résisteraient-ils mieux à l'épreuve du Temps...

Et des projets. Beaucoup de projets échafaudés au hasard des rencontres. Fragiles constructions. Quelques-uns pourtant reposaient sur des bases plus sûres. Et sans doute ceux-là résisteraient-ils mieux à l'épreuve du Pouvoir...

Peu avant l'aube, le champ de force avait recouvert la Ville. Le grondement sourd des turbines faisait vibrer les strates. Brassé par les ventilateurs, l'air s'attiédissait. La neige fondait dans de grands ruisseaux clairs aussitôt avalés par les conduites souterraines.

Insatiable, la Ville exigeait une fonte totale pour étancher sa soif.

Ce fut vite terminé. Si vite. Quelques heures à peine pour voir s'évanouir le symbole de l'égalité.

Comme il ne neigeait pas, les urbanistes avaient supprimé le champ. Un vent violent se ruait dans les ruelles, couvrant la Ville d'une étreinte frigide.

Avant la fin de la matinée, il avait opéré une transmutation cruelle. Vernies par de fines carapaces de glace, les couleurs des loges n'avaient jamais paru plus pimpantes. Elles étincelaient avec un éclat cru dans la lueur pourtant maussade du soleil blanc.

Les Niviales étaient accomplies.

6

– Emporte-moi, cheval fou, ma merveille. Ouvre-moi ta fourrure...

Réprimé dans son élan par l'irruption de Sandyx dans sa chambre, Tigre abandonne le saï. Se dressant dans un mouvement furieux, il se met à hurler :

– Pagaïe, Sandyx! Je t'ai dit cent fois de te faire annoncer. Hors de ma vue ou je ne réponds plus de rien!

– Pardonne-moi, Tigre, mais il faut me comprendre : je suis enceinte!

– Ce n'est pas une raison pour... Quoi? Enceinte?

– Je m'en doutais depuis plus d'un cycle. Maintenant, c'est sûr. Bon sang, je ne veux pas de ce gosse de violeur. Je dois avorter. Il faut absolument que j'avorte. Ma mère en est morte mais je préfère crever que faire naître un enfant dans un monde pareil. Si c'était une fille, je ne me le pardonnerais jamais.

– Je croyais que tu avais l'intention de le changer, ce monde!

– Il y a l'espoir et la réalité. Un môme, c'est du réel. Je ne peux pas lui faire ça.

– Si tu pensais à toi, un peu. Tu sais ce qui arrive aux filles surprises en train d'avorter? Lobotomie et insémination tous les douze mois. On les décervèle et on en fait des pondeuses. Une solution infiniment plus rentable qu'une condamnation à la danse capitale. Il vaut mieux être idiote et servir à la société qu'emporter sa précieuse fertilité dans la tombe.

– Tu n'arriveras pas à me faire peur. Ma décision est prise. Et je te supplie de m'aider.

– Comment t'aiderais-je?

– Tu es généticien, non?

– Généticien, oui. Ne confonds pas avec émargopathe ou charcutier. Mon père m'a appris à améliorer l'espèce, et non à la détruire. Et quand bien même j'accepterais de t'aider, sais-tu que tu me proposes de me condamner moi-même à mort?

– Comment peut-on s'appeler Tigre et être aussi lâche? Allez, je me doutais bien de ta réponse. L'homme qui refuse de nous aider à renverser le Hiérarque ne peut accepter de prendre le moindre risque. Je me demande comment tu fais pour t'apparier avec les saïs. Ça ne t'étrangle pas, une telle transgression de la Règle?

Lamentable, Tigre a baissé la tête. Les phrases vengeresses de Sandyx le brûlent. Autrefois, lui aussi aurait préféré mourir que vivre en étouffant l'espoir ou le désir. Sandyx est trop jeune pour les concessions. Elle ne tient à sa vie que dans l'exaltation du péril et la menace de sa mort. En Tigre, cette flamme s'est éteinte. Et le *Multi* n'est pas prêt à la rallumer. Ne jouit-il pas de tout ce qui lui est raisonnablement permis d'espérer?

Il ne laissera pas Sandyx bouleverser sa vie. Si la jeune fille ne part pas d'elle-même, il va falloir songer à la chasser. Avant qu'elle ne soit devenue un objet de haine.

Dévoré par cette pensée, le *Multi* ne peut s'empêcher de geindre:

– Tu n'as donc aucune patience?

– La patience est la mère du désespoir. Une mère vieille comme le monde, bien trop vieille pour moi. Si je n'interviens pas très vite, l'enfant que je porte naîtra, et ça, il n'en est pas question. Je mourrai plutôt que de m'en encombrer.

– En fait, c'est par pur égoïsme que tu le refuses!

– Peut-être. Mais comme tu le soulignes, mon égoïsme est pur, comparé au tien. Je préfère sucer les tétons du Chaos que boire aux mamelles de l'Ordre le lait douceâtre de la compromission!

Pourquoi Sandyx s'attarde-t-elle?

Tigre voudrait rester seul et se faire consoler par le saï qui attend sur le lit.

Le silence est insupportable. Et Tigre en vient à ressentir comme un reproche le mutisme et l'inertie de l'humanoïde. Cette impression n'est sûrement pas fondée mais il éprouve un tel sentiment de culpabilité qu'il n'arrive pas à s'en persuader.

Pour alléger sa propre tension, il affronte les yeux méprisants de Sandyx.

– Tu veux te faire avorter, d'accord. Mais comment vas-tu faire? Tu connais une filière?

– Il y a une *Sancou*, en bas… Celle qui a tué ma mère. Si je ne trouve rien d'autre, j'irai la voir.

– Bon courage. Et que le Chaos t'avale!

– Oh, ne t'inquiète pas! Je pars prospecter avec Raudh, mais nous serons de retour avant la fin du jour.

★

Au moment de frapper à l'huis du *Multi*, Narcisse hésita : elle comprenait soudain à quel point sa requête était dangereuse à formuler. Ne pas réussir à imaginer quelle serait la réaction de Tigre la fit trembler. Mais elle avait besoin de lui.

Jusqu'à maintenant, seul *Mauve* avait pu aligner quelques noms sur leur liste de conjurés. L'hétaïre avait pris conscience avec amertume qu'elle n'avait pas d'amis. Finalement, elle ne pourrait pas se passer de l'aide de l'urbaniste.

Il lui était de plus en plus difficile de jouer la comédie de l'amour. Elle en venait à se haïr pour n'avoir pas su s'attacher le *Violet* par d'autres liens que ceux de la séduction. Penser que sa beauté représentait son seul moyen d'action lui donnait envie de vomir. De *se* vomir, très précisément. Si elle allait à Tigre, c'est parce qu'il était le seul homme à être resté insensible à ses charmes sans pour autant se désintéresser d'elle. Cependant, une inquiétude l'obsédait. Le *Multi* n'avait pas donné signe de vie depuis près de trois cycles. Pouvait-elle encore croire à leur alliance?

Les dents serrées, Narcisse souleva l'anneau de cuivre ouvragé qui ornait la porte et l'abattit avec violence. Quelques minutes plus tard, elle se trouvait face au *Multi*.

Tigre se maudissait d'avoir accepté – dans une impulsion aussitôt regrettée – de recevoir l'hétaïre. Au souvenir de la conduite du cavalier lumière, la honte le brûlait à nouveau.

Damnées femelles! pensa-t-il avec rage. Ne pouvez-vous me laisser en paix?

A la vue de Narcisse, le feu qui le consumait s'était mis à lui chauffer les joues. Des perles de sueur suintaient de tous ses pores. Il articula quelques paroles de bienvenue mais les mots venaient mal.

Et si l'hétaïre avait deviné l'identité de son agresseur des Niviales? Elle avait l'air tellement bizarre avec ses sourires enjôleurs avortés, son arpentage inquiet des fenêtres à l'aquarium et de l'aquarium aux fenêtres... Elle donnait l'impression d'être prête à s'enfuir par la première issue.

Fébrile, Tigre cherchait quelque aliment propre à nourrir cette conversation dévoreuse. Il était maintenant presque sûr d'avoir été démasqué.

Uracan! Comment allait-il expliquer son acte et son silence! De toutes ses forces, il appelait son corps à l'abandon d'un lâche évanouissement. Si la mort l'avait pris là, tout de suite, il se serait senti lavé de son viol et n'aurait éprouvé nul regret.

Hélas, son cœur battait trop fort, mais pas au point de provoquer la mort ni même une syncope.

Tigre s'apprêtait à inventer un prétexte pour quitter la pièce quand l'hétaïre se mit à parler d'une voix si sourde qu'elle en paraissait détimbrée. Il sursauta comme s'il encaissait une décharge électrique.

Le discours de Narcisse présentait un tel décalage par rapport à son attente qu'il n'éprouva tout d'abord qu'un immense soulagement.

– Vous joindrez-vous à nous? termina l'hétaïre.

– Mais bien sûr! répondit-il sans réfléchir.

– J'étais sûre de pouvoir compter sur votre aide.

Tout d'un coup, comme une gifle, la signification de ce court échange parvint à la conscience obscurcie du *Multi*. Pagaïe! Lui qui avait fait tant d'efforts pour se tenir éloigné du complot de Sandyx, il venait d'accepter de se lier à celui de Narcisse! Et plus moyen de faire machine arrière. Un tel espoir illuminait les yeux de la fille qu'il ne pouvait se résoudre à l'étouffer. Et puis, après tout, si les

Multis, les *Violets*, les *Rouges*, les *Orangés*, les *Bruns*, s'unissaient contre les prêtres, peut-être existait-il une petite chance de vaincre?

Tigre sourit. La détermination balayait son désarroi. Son sentiment de culpabilité s'amenuisait de seconde en seconde. Il allait pouvoir regarder en face Sandyx et Narcisse. Il se sentait beaucoup, beaucoup mieux.

★

Sandyx avait tout essayé. Son problème s'était révélé insoluble. Le scalde était son dernier espoir.

Le front orangé de Tango était plissé par la concentration. Debout contre la porte, Za'farân réfléchissait aussi.

— Il y a bien Péridot, l'émargopathe de la Place Verte, dit-elle sans conviction.

— Trop dangereux! Toutes les femmes qui sont passées entre ses mains se sont fait arrêter dans les jours qui suivaient. A croire qu'il est là tout exprès pour les dénoncer. Ou que quelqu'un, en haut, se sert de lui à son insu pour se faire son cheptel de pondeuses. Non, je ne vois pas d'autre solution que la *Sancou*. Aux dernières nouvelles, cette souillon est encore en vie.

Assise sur le banc de pierre adossé au mur de la loge, dans le brouhaha de la petite place animée, Sandyx frissonna.

— J'ai froid. Ne pourrait-on rentrer?

— Non. Il n'est pas prudent d'aborder ce genre de questions sans brouillage sonore.

— Ta loge est sous surveillance?

— J'ai de bonnes raisons de le croire.

— Et tu penses que la place ne l'est pas?

– Il faudrait de sacrés bons micros pour sélectionner l'information adéquate dans cet environnement. Ici, avec le bruit, dans la journée, nous sommes tranquilles.

Cuisses serrées contre son ventre et bras noués autour des jambes, Sandyx luttait pour ne pas trembler. Les paroles de Tango avaient aggravé son désespoir. Elle se sentait traquée, menacée jusqu'au centre d'elle-même par cet envahisseur intérieur qui s'était installé dans son ventre comme dans une forteresse inexpugnable. Ses yeux la piquaient.

Plus pour elle-même que pour Tango et Za'farân elle dit d'une voix qui s'étranglait :

– Dans deux cycles, il sera trop tard. Et les portes de la Ville ne seront pas ouvertes avant. Comment sortir ?

– Il y a bien la possibilité de te descendre par un panier de troc. Mais c'est risqué et pas très discret.

– J'ai une idée ! s'exclama Za'farân avec excitation. L'été dernier, j'ai travaillé au Versant Nord, je m'occupais de l'ensilage du blé. Sandyx est mince, elle pourrait passer par un tuyau d'aspiration. En cette saison, les entrepôts sont déserts.

– Et bouclés ! Comment t'y prendras-tu pour amener le tuyau au niveau du sol ? interrogea Tango.

– La commande ne pose pas de problème. Je l'ai manipulée suffisamment souvent. Et l'accès au silo sera très facile à forcer pour quelqu'un de la classe de Mélanie. Les serrures n'ont aucun secret pour elle.

– Si seulement je pouvais piquer une de leurs nacelles aux Noirauds ! soupira Sandyx.

– Tu te ferais aussitôt repérer. Et j'avais cru

comprendre que tu souhaitais passer inaperçue, persifla Tango.

– Mort aux privilèges! rugit l'adolescente en soutenant le regard du scalde d'un air moqueur. Mais tout le sang se vida de ses joues car un tumulte de cris venait de succéder à son imprécation et elle discernait Raudh, de l'autre côté de la place, Raudh dont le sayon rouge tranchait au milieu des uniformes verts, Raudh qu'un groupe d'émargeurs entraînait sans douceur en direction du vertiligne.

Za'farân dut prêter main-forte à Tango pour empêcher Sandyx de se ruer au secours de son amie.

– Pourquoi elle? sanglotait l'adolescente. Elle n'a rien fait.

– Calme-toi, supplia Tango. La seule chose à faire, tout de suite, c'est de les suivre à distance. Selon qu'ils prennent le vertiligne vert ou noir, on aura une idée de la gravité de l'affaire.

Lorsque les émargeurs pénétrèrent dans la station noire, Tango lança un regard sombre à Sandyx.

– C'est le moment de vérifier l'influence de ton *Multi*, ma belle.

– Ce saï! dit-elle avec colère. Il n'y a rien à tirer de lui. Enfin, pour Raudh, il se laissera peut-être fléchir.

Elle se précipita vers le puits ascensionnel de la sixième strate.

Tigre n'était pas seul.

Coupée dans son élan, Sandyx dévisagea d'un air hostile la *Jaune* magnifique qui portait avec distinction une tasse d'infusion à sa bouche.

Jugeant enfin la présence de l'hétaïre négligeable compte tenu des circonstances, l'adolescente se jeta aux pieds du *Multi* et, lui racontant la scène de l'arrestation, le supplia d'intervenir.

– Mais où vas-tu chercher tout ça? s'exclama Tigre, qui levait les yeux au ciel avec une incrédulité évidente.

– Les Noirauds ont enlevé Raudh! hurla Sandyx à bout de patience. Et elle fondit en larmes.

Abasourdi par son chagrin, Tigre écarquillait les yeux. Il dit enfin d'une voix posée :

– Je ne comprends rien à ce que tu racontes. Raudh est rentrée peu de temps avant toi et elle m'a fait signe qu'elle allait se baigner. A moins que des prêtres soient entrés à mon insu dans ma maison au cours des cinq dernières minutes, tu la trouveras dans son bain.

– C'est impossible! Les *Verts* l'ont emmenée par le vertiligne noir pendant que je prenais le puits du sixième. Même en admettant qu'elle se soit échappée ou qu'ils l'aient relâchée, elle n'a pas eu *matériellement* le temps d'arriver ici avant moi. Tu es en train de me dire n'importe quoi pour ne pas avoir à intervenir!

D'un air excédé, Tigre haussa les épaules. La *Jaune* suivait la scène d'un air franchement amusé. Si Sandyx en avait eu la possibilité, et si le *Multi* n'avait pas été son unique espoir de sauver Raudh, elle les aurait volontiers pulvérisés tous les deux.

– Bien. Puisque aucun de nous deux ne croit l'autre, je propose que nous allions à la chambre des bains pour nous départager. Narcisse, tu nous serviras de témoin!

Quelques secondes plus tard, Sandyx ouvrait des yeux agrandis de stupeur sur le spectacle de Raudh pataugeant dans la plus grande des vasques. La salle d'eau était embrumée de vapeur et une expression de ravissement détendait le visage de la petite fille dont le corps rouge avait viré au pourpre sous l'emprise de la chaleur.

Massacrant quelques plantes au passage, Sandyx s'était précipitée vers le bassin et, accroupie sur le bord, parlait d'une voix hachée :

– Raudh! J'ai eu si peur... Tu leur as échappé! Mais comment as-tu fait pour arriver ici avant moi?

Tigre était éberlué. Il avait cru à une comédie de Sandyx mais l'adolescente avait un tel accent de sincérité! Et Raudh ne semblait pas surprise par l'émotion de son amie. Si seulement la petite fille avait pu parler... Par la couleur! Qu'il était bête de ne pas y avoir songé plus tôt. Il suffisait qu'il lui bricole le sonovoc!

– Attendez-moi, lança-t-il. Je vais chercher de quoi la faire parler.

Sans penser à se déshabiller, Sandyx était descendue dans la vasque et Narcisse s'amusait de voir les deux filles s'étreindre comme si elles avaient failli ne jamais se revoir.

– C'est toi. C'est bien toi! soupirait Sandyx. Je n'y comprends rien mais tu es là. C'est la seule chose qui compte.

Et, tout d'un coup, il n'y eut plus rien entre les bras de Sandyx. Celle-ci poussa un cri rauque de bête blessée, battant l'air puis l'eau à grands coups désordonnés de ses bras. Mais cette quête était vaine. Raudh n'était plus là. Y avait-elle jamais été?

Un froissement dans les hautes graminées qui ornaient le bassin attira l'attention de Sandyx.

Une main apparut au-dessus de l'eau, écartant les tiges en un geste plein de grâce.

La tête de Raudh suivit, clignant malicieusement d'un œil, la bouche fendue par un rire silencieux.

Narcisse et Sandyx s'étaient changées en statues. Vivantes illustrations de la stupeur, leurs visages étaient arrondis par un ahurissement total.

Ce fut Narcisse qui comprit la première.

– Eh bien, tout s'explique! Voilà comment elle a échappé aux prêtres. Cette petite ferait un excellent chorège s'il en existait du sexe féminin!

Confirmant les conclusions de l'hétaïre, Raudh s'était mise à battre des mains. Elle sauta dans le bassin et continua ses applaudissements sous le nez de Sandyx, les paumes au ras de l'eau, soulevant des gerbes d'éclaboussures.

Lorsque Tigre réintégra la chambre des bains, les trois femmes entièrement nues dansaient une ronde aquatique en riant comme des perdues.

Se sentant exclu, le *Multi* blêmit. Prenant conscience de ce sentiment de jalousie peu honorable, il parvint à se dominer et brandit le sonovoc comme un trophée, criant pour essayer de dominer le brouhaha :

– Raudh! Voilà de quoi mettre fin à ton mutisme. Si tu supportes ce petit appareil, ton calvaire est fini.

Quelques minutes plus tard, Raudh expliquait d'une voix désincarnée comment elle avait échappé aux *Verts*. Il lui suffisait de se représenter un endroit précis pour y projeter son corps par un simple effort de concentration. Elle avait utilisé ce talent aujourd'hui à des fins « utilitaires ». C'était concluant.

★

Malade de frustration, Argyre observait le quatuor.

Avoir prévu la volatilisation de Raudh confirmait sa rage sans l'atténuer. Jusque-là, les filles qui faisaient preuve d'un talent de chorège avaient toujours été précocement dépistées. Leur don n'avait jamais le temps de se développer. Elles étaient éliminées avant.

Cette gamine représentait un véritable danger. Il ne tiendrait pas à grand-chose qu'elle se transformât en fléau. Uracan! Comment avait-elle pu passer entre les mailles de ses filets? Et comment l'atteindre et l'attraper, désormais?

Argyre grinçait des dents en pensant que le potentiel de la petite fille équivalait sans doute à celui de Sélèn. Une formidable puissance en liberté, sans contraintes ni soupapes pour la canaliser...

Il se sentait glacé. Maintenant que Raudh pouvait s'exprimer, elle allait sans doute réussir à juguler ses tendances schizoïdes... et sûrement prendre une part active dans ce complot qui grandissait au delà de toute prévision.

Pour la première fois, le *Noir* se trouvait confronté à la perspective d'une alliance objective des castes d'en haut avec celles d'en bas. Seules les femmes pouvaient rendre possible cette alliance en centrant leur révolte sur l'exploitation de leur corps. Argyre qui n'avait jamais été confronté qu'à la lutte des classes allait devoir faire face à une dissidence des sexes.

Cette rébellion lui aurait semblé négligeable, presque ridicule, si elle n'avait concerné que la gent féminine. Mais depuis qu'elle trouvait un écho chez les hommes, Argyre s'avouait troublé. Pour être encore infime, ce soutien masculin s'avérait cependant inquiétant. Isolément, les femmes n'avaient accès à aucun poste clé. Leur rébellion serait facile à maîtriser. Mais si leurs compagnons se liguaient avec elles, le problème devrait être reconsidéré dans sa totalité.

Analysant froidement la situation, Argyre parvint à la conclusion que les femmes entraîneraient peu de *Multis* ou de *Violets* à leur suite. Ces privilégiés avaient trop à perdre dans une révolution avortée.

Les *Rouges* ne bougeraient pas non plus. Avec les *Verts*, qui jouissaient d'un droit de cuissage, ils étaient les principaux profiteurs de l'exploitation sexuelle des femmes.

Les *Bleus* et les *Bruns* nouaient souvent des contrats de pariade à long terme, mais ils étaient timorés et on pouvait les droguer facilement.

Restaient les *Orangés*, la classe qui de tout temps n'avait pas cessé de poser des questions... Mais on pouvait compter sur leur petit nombre et leur indiscipline pour empêcher un regroupement efficace.

Allons, cette flambée ne serait qu'un feu de paille facile à circonscrire. Certes, en ne le jugulant pas tout de suite, Argyre mettait le Hiérarque en danger. Mais il lui fallait bien s'avouer que cette perspective ne lui déplaisait pas. Lorsque ces folles s'en prendraient au Chef suprême, il serait temps d'aviser. Choisir de le sauver en obtenant un maximum d'avantages ou de le sacrifier en devenant l'ultime recours dans l'inextricable pagaille qui s'ensuivrait...

Restait le problème de Raudh.

Argyre était ulcéré de voir une gamine réussir là où lui-même avait échoué. Il se sentait bafoué beaucoup plus sûrement par Raudh que par n'importe quel projet de révolution... ou d'avortement!

A ce propos, la tranquillité de cette *Rouge* racontant comment elle allait quitter la Ville pour mener à bien son projet criminel, c'était tout simplement renversant!

Sandyx...

L'évidence se frayait un chemin dans le cerveau du prêtre.

Comme naguère l'hétaïre pour Sélèn, Sandyx était le seul être au monde auquel fût attachée la petite chorège. Sandyx représentait une chance unique d'atteindre Raudh. Supprimer l'une équivaudrait sans doute à supprimer l'autre. Et cette fois-ci, personne ne serait là pour empêcher un suicide... utile.

Argyre sourit. Sandyx était en train de lui donner le mode d'emploi de « l'accident » qui provoquerait sa mort. Les aspirateurs à grain étaient des machines frustes et très faciles à dérégler.

Bien sûr, il aurait pu se débarrasser de la *Rouge* en dénonçant ses intrigues au Hiérarque. Mais le procès serait long. Beaucoup trop long. Et on ne pouvait courir le risque de voir intervenir Raudh pour sauver ou venger son amie. Jamais encore un chorège au sommet de son art n'avait déchaîné ses pouvoirs autrement que pour illustrer une imagerie fantasmatique ou codée.

Argyre ne manquait pas d'imagination. A la pen-

sée des destructions mentales et physiques qu'un
chorège de la classe de Raudh déclencherait dans le
cas d'une crise sauvage, un frisson glacé vint héris-
ser le fin duvet de son corps lisse.

★

Petite fille, Sandyx venait souvent jouer dans les
vastes dédales des entrepôts. Le Versant Nord la
fascinait avec son accumulation de stocks celés
dans des hangars où ils étaient la proie de l'engre-
nage secret menant aux entrailles nourricières de la
Ville.

Un jour, comme les autres *Rouges*, elle deviendrait l'un des servants des machines que comman-
dait l'Ordinateur Central. Alors, ces amas de riches-
ses qui l'impressionnaient tant cesseraient de représenter la nourriture d'un Ventre occulte et insatiable pour devenir prosaïquement les vivres qui per-
mettraient à tout un peuple de s'alimenter.

Sandyx n'était plus une petite fille. Ce jour où elle
devrait à son tour participer aux tâches ouvrières
de la Ville approchait. Et pourtant, elle ne s'en était
peut-être jamais sentie si loin.

Dans la nuit, elle avançait entre les blocs sombres
des entrepôts et une sorte de terreur sacrée la
gagnait à la pensée du viol qu'elle allait commettre.

Elle savait cette sensation disproportionnée mais
ne parvenait pas à la dominer. Tout concourait à la
renforcer. L'absence d'éclairage, le vide des avenues
où quelques grues trop grandes pour l'abri des
hangars sommeillaient telles d'énormes mantes prê-
tes à la saisir, le silence religieux dans lequel elle
progressait avec ses compagnes...

Lorsque le petit groupe s'arrêta devant le silo, Sandyx claquait des dents et le froid n'en était pas responsable.

Idiote! se dit-elle, tu n'es pas partie pour immoler une entité! Ce silo est un endroit profane. Un lieu où s'entasse de la matière première destinée à se transformer en pitance. Pas de quoi se frapper! Secoue-toi, ma vieille, ou dans peu de temps tu auras charge d'âme!

Avec une précision d'orfèvre, Mélanie travaillait à forcer la serrure qui finit par céder en chuintant. Les trois filles pénétrèrent dans le couloir desservant le silo.

L'obscurité était si dense qu'elle en semblait palpable. Serrée contre Za'farân, Sandyx progressait à petits pas, craignant un obstacle, un trou, un piège.

Lorsque le sol se mit à gronder, elle se figea sur place, la sueur au front, le cœur battant des records de vitesse, et ne put retenir un cri.

Za'farân se mit à rire.

— Notre ordinateur cuistot est en train d'aspirer sa ration quotidienne. Pas la peine de te mettre dans cet état! Bon. La porte de la salle de commandes doit se trouver par là, sur la gauche. Mélanie, tu peux m'aider à la chercher? Sandyx m'a tout l'air d'être hors service!

Faisant des efforts méritoires pour se calmer, l'adolescente s'est laissée couler par terre. Accroupie, elle frôle le mur d'un geste machinal et s'exclame :

— Je l'ai. Elle est là. A ma droite.

Elle se lève d'un bond et appuie sur la clenche... qui résiste.

– Pagaïe! Elle est fermée, grogne-t-elle d'une voix découragée.

Za'farân pèse à son tour sur la poignée.

– C'est embêtant, dit-elle. Il va falloir éclairer. C'est peu probable mais si jamais il y a des détecteurs, on est fichues!

– T'inquiète pas, assure Mélanie qui vient de palper la serrure. Je crois pouvoir m'en sortir dans le noir.

Quelques minutes plus tard, les trois filles ont investi la place. Za'farân appuie sur l'interrupteur de la minuscule pièce aveugle et pousse un soupir de soulagement.

– Cette fois-ci, nous sommes tranquilles. Il n'y a pas d'espion électronique ici. Je l'avais vérifié pour pouvoir dessiner tranquille. Allez. Faut pas traîner.

– On risque de se faire repérer?

– Plus maintenant. La commande du tube est silencieuse. Mais Sandyx doit contourner la Ville. Ça va lui prendre du temps et il faut qu'elle soit rentrée avant l'aube. Sinon, nous devrons l'abandonner en bas jusqu'à la nuit suivante.

Mélanie jette un regard plein de compassion à Sandyx dont les lèvres décolorées tremblent dans la lumière crue. La jeune fille lui rend son regard, esquisse un sourire et se retourne vers Za'farân.

– Quand tu voudras, assure-t-elle. Je suis prête.

– J'ai déverrouillé la porte du silo. Je vais te conduire à l'embouchure du tube. En principe, elle est dégagée en permanence par une soufflerie. J'ai mis l'aspiration à la force 3. Ça devrait suffire à freiner ta descente.

Prudente, Za'farân éteint avant de ressortir dans

le couloir. Tenant son amie par le bras, elle trouve sans peine l'ouverture du hangar.

A l'intérieur, elle allume une torche puissante. Dans le faisceau de lumière blanche, encadré par les gigantesques ventilateurs de la soufflerie, l'orifice du tube bée comme l'ouverture d'une étrange matrice. Sandyx ne peut s'empêcher de l'assimiler à son propre utérus où un corps étranger va bientôt pénétrer. Elle frissonne.

– Ça va? demande Za'farân. Tu es sûre, absolument sûre de ton choix? Il est encore temps de faire machine arrière...

– J'y vais, lui confirme Sandyx en engageant ses deux jambes.

– Bon courage! Si le refoulement est trop fort, tu me dis, je le baisse. Pour remonter, tu n'auras qu'à crier. Le son porte, dans ces tuyaux. Et nous nous relaierons en haut.

Sandyx se laisse glisser. La descente se révèle agréable. Presque plus qu'avec les toboggans. La jeune fille se détend un peu. Elle a empilé pantalons et sayons contre le froid et le frottement du tube, et son atterrissage en douceur finit de la rassurer. Avec confiance, elle se met à marcher vers le Versant Sud-Est où l'attend la *Sancou*.

★

Exaspéré, Tigre regardait Raudh tourner dans le salon tel un caracal sauvage et maudissait Sandyx de lui avoir imposé son amie. Pour la calmer, il avait épuisé toutes les ressources de son imagination. Jusqu'au rak-clac qui n'avait entraîné qu'une courte trêve.

Lorsqu'en désespoir de cause il avait allumé la

tridi, Raudh s'était empressée de la désactiver en lui assenant quelques phrases bien senties sur les « vertus » émollientes de la bouillie des prêtres.

Il s'était mordu l'index de la main droite pour ne pas exploser et, se levant, avait changé de pièce. Las! L'adolescente l'avait suivi. Elle ne supportait pas de rester seule. Pagaïe! Pour qui le prenait-elle? Il n'était pas plus son père que sa mère! Et d'ailleurs, si tel avait été le cas, elle se serait sans doute conduite avec un peu moins d'insolence!

Hors de lui, il se mit à la secouer, hurlant qu'il n'était pas sa nounou, ni une girouette qu'on peut faire tourner à sa guise, et que s'il avait refusé de suivre Sandyx aux entrepôts, ce n'était pas pour s'encombrer de son minable alter ego.

Aussitôt, il se maudit d'avoir cédé à la colère.

Raudh s'était laissée ballotter comme un paquet de chiffons et, lorsqu'il l'avait lâchée, elle s'était écroulée à terre comme une poupée désactivée.

Les bras ballants, Tigre regardait le petit tas inerte, sans réussir à adopter une attitude. Il s'avouait enfin son angoisse pour Sandyx. Depuis le départ de celle-ci, Raudh n'avait cessé d'aggraver le malaise du *Multi* en se conduisant comme si elle ressentait dans toutes les fibres de son être l'imminence d'une catastrophe.

Se reprochant son manque de contrôle, Tigre s'accroupit à côté de la *Rouge* et la prit dans ses bras.

Le visage curieusement estompé, la petite fille se blottit contre lui.

Ils restèrent ainsi un long moment, serrés l'un contre l'autre, jusqu'à ce que la tension de Tigre, qui ne cessait d'empirer, devînt insupportable. Alors, il se rappela les vieilles microvids qu'il se projetait à douze ans. Des recopies médiocres mais désopilantes de films d'animation qui dataient d'avant la Couleur.

Une heure plus tard, il avait installé le lecteur approprié et choisi pour Raudh une sélection de ses meilleures cassettes. Le rire contagieux de la fillette l'avait gagné. Il s'esclaffait avec elle aux mésaventures de Dirty Ducky, le canard des poubelles, ou de Midnight Express, la chauve-souris mutante de l'ère atomisée...

Lorsque toute la provision de cassettes eut été épuisée, le retour de son anxiété contracta l'estomac de Tigre. Il était très tard. Pouvait-il espérer que Raudh, se laissant droguer, accepterait d'aller se coucher, lui permettant de s'assommer à son tour de barbituriques?

La petite fille était en train de fouiller dans un amas de microvids poussiéreuses dont il savait, pour les avoir examinées jadis, qu'elles ne présentaient aucun intérêt.

– Si nous allions au lit? interrogea-t-il. Je te donnerais du véronal, ça te ferait dormir jusqu'au matin. De toute façon, il ne se passera rien avant, tu peux en être sûre!

Mais Raudh n'avait pas du tout l'air décidée à céder. Elle sortait une à une les minuscules cassettes, déchiffrant à mesure leur étiquetage. Elle en brandit une rouge bordée de noir et dit :

– Y a rien de marqué sur celle-là. Tu sais ce que c'est?

Tigre attrapa la boîte qu'elle lui lançait et l'ouvrit. Déroulant la bande magnétique, il s'étonna de ne pas y trouver d'images. Il se souvint qu'enfant, il l'avait dédaignée, pour cette raison.

– Elle est vierge, dit-il. Ou alors c'est juste un enregistrement sonore. Aucun intérêt. On va se coucher?

– C'est bizarre! Toutes les bandes sont enregistrées, non? Tu n'as jamais essayé de savoir si celle-là l'était?

Visiblement, Raudh cherchait à gagner du temps.

– Je ne crois pas que tu te rendes bien compte de l'heure, soupira Tigre. Si tu veux être en forme pour le retour de Sandyx, tu ferais mieux d'aller dormir.

– S'il te plaît. Juste un bout. Juste pour savoir ce que c'est!

Tigre haussa les épaules avec résignation et engagea la microvid dans le lecteur. La bande se mit à se dévider sans image ni son.

– Tu vois! Je te l'avais bien dit, triompha le *Multi*. Au lit, maintenant.

Juste au moment où il allait interrompre la lecture, un cafouillis sonore se fit entendre. Le *Multi* suspendit son geste. Le son s'éclaircissait. A la fin de ce qui devait être l'énoncé d'une date, une voix sonore annonça :

« Journal de David Saï, Maître-Fondateur de Ville 1. »

– Mais, c'est mon arrière-grand-père! s'étonna Tigre. J'ignorais totalement l'existence de cet enregistrement!

– Tu peux me remercier! s'exclama Raudh, ironique. Sans moi, le Chaos t'aurait avalé dans cette ignorance!

D'un geste impératif, Tigre lui fit signe de se taire.

David Saï était entré d'emblée dans le vif du sujet et ce qu'il dévoilait était très grave.

« J'effectue cet enregistrement sur un appareil bricolé pour pouvoir fonctionner à l'extérieur sans attirer l'attention. Un dissident de l'Ordre Noir nous a prévenus, moi et quelques autres. La Charte des 39 est bafouée en permanence. L'interdiction des observatoires n'a servi à rien. Nous sommes toujours l'objet d'un espionnage constant. Lorsque les *Noirs* arguaient de l'éventualité d'une révolution pour ne pas détruire le système électronique de surveillance, ils se moquaient de nous. Le Conseil n'aurait jamais dû céder. Seule une destruction immédiate pouvait nous garantir contre cette atteinte à nos droits les plus élémentaires. Nous n'avons plus de vie privée. Je m'explique enfin comment les complots ont tous été déjoués, les uns après les autres. Moi qui ne suis pourtant pas féministe, je suis pris d'un doute horrible. Les Fondatrices qui se sont révoltées ces derniers temps contre la tutelle des *Noirs* ont été condamnées à mort... Cela pourrait-il faire partie d'un plan orchestré pour écarter les femmes de tout ce qui touche au pouvoir ? Je savais notre Hiérarque misogyne mais je ne l'ai jamais cru capable de mener à bout une campagne d'extermination. Je voudrais me tromper mais la réflexion m'impose malgré moi cette conclusion terrible : l'homme qui gouverne Ville 1 est fou. Son délire est systématique. Il élimine avec méthode ceux qui s'opposent à lui. Et il faut bien avouer que, jusqu'ici, seules les femmes ont réagi contre sa volonté totalitaire. Les hommes font preuve d'une lâcheté coupable. La plupart ne détestent pas voir les femmes se faire échauder.

Je me suis moi-même joint au groupe des rica-
neurs. Il est difficile de reconnaître la valeur
scientifique du sexe faible! De ne pas crier : " A
mort, les femelles hystériques! " comme certains
de mes confrères. Pourtant, j'avais fini par admettre, pour deux d'entre elles au moins, généticien-
nes de formation, qu'elles étaient mes égales...

« Dieux! J'en arrive à me demander si ces
accusées, qui ont toujours clamé leur innocence,
ont vraiment comploté contre la Ville.

« Non, cette idée est stupide. Je dois me tromper, il *faut* que je me trompe. Le Hiérarque est
peut-être fou mais il ne peut accuser sans preuves, ni du moins sans de nombreux complices. Et
pourquoi des hommes se ligueraient-ils avec lui?
Quelle peur pourrait être assez forte pour leur
faire commettre l'irréparable? Les femmes ne
peuvent se passer d'eux, au moins comme éta-
lons, pour perpétuer la race...

« Uracan! A moins que les analyses de Marie
Cébazan soient fondées! Si la baisse de la natalité
est imputable aux hommes, certaines femmes
décideront de se passer d'eux. Plusieurs ont déjà
recours à notre banque de sperme et ne se
gênent pas pour afficher leur homosexualité.

« Uracan! Je dois saisir le Conseil de ce problème lors de la prochaine assemblée. De toute
façon, nous ne pouvons admettre que les *Noirs*
continuent à violer la Charte des 39. »

Tigre jette un coup d'œil à Raudh. Vaincue par la
fatigue, la fillette s'est endormie. Elle ronfle, la
bouche ouverte, vivante image de l'abandon.
Avec une douceur infinie, le *Multi* la soulève et
l'emporte jusqu'à sa propre chambre. Dans son
sommeil, Raudh fait de petits mouvements de bou-

che comme si elle avait soif ou appelait quelqu'un à l'intérieur d'un rêve. Tigre la recouvre et regagne sa petite salle de projection.

Deux heures plus tard, atterré, le *Multi* arrête le lecteur.

Le bilan des événements décrits par David Saï fait apparaître la faillite totale de ceux qui s'opposaient aux *Noirs*. Toutes les têtes pensantes de sexe féminin ont été éliminées ou ravalées au rang de simples pondeuses. Passé l'hécatombe, on ne trouvait plus de femmes capables de revendiquer une relation égalitaire. Bien sûr, dans les strates inférieures, on a continué d'exploiter leur force de travail. Les maîtres-fondateurs qui n'étaient pas devenus des *Noirs* ont subi un lavage de cerveau destiné à leur faire oublier jusqu'à l'existence des créatrices et des scientifiques féminines dans les rangs des Fondateurs. Quant aux observatoires, ils ont été gommés de toutes les mémoires qui n'étaient pas acquises au Hiérarque.

Jamais David Saï ne se serait rappelé l'existence des unes et des autres s'il n'avait pas pris la précaution d'enregistrer son journal hors de toute écoute indiscrète et de le mélanger ensuite dans un lot de vieilles cassettes d'avant la Couleur. Il le retrouve par hasard, en se livrant à des rangements. Des années se sont écoulées et, nulle part, il ne reste trace du rôle joué par les femmes dans l'édification de Ville 1. Entre-temps, devenus les *Multis*, les maîtres-fondateurs ont changé d'étage.

David Saï cherche alors à savoir si certains Fondateurs gardent quelques souvenirs du passé mais son enquête s'avère négative. Il lui reste de nombreuses années à vivre. Et que peut-il faire, seul contre tous? Maudissant sa prudence qu'il qualifie de lâcheté, il s'abîme dans son art : la biologie.

En créant les hermaphrodites qui porteront son nom, il donne naissance à des êtres qui ne connaîtront jamais les affres de la différenciation sexuelle. Craignant le racisme des hommes devant ce qui leur ressemble trop sans être pourtant semblable, il déshumanise volontairement ses créatures en les couvrant d'une fourrure féline, une fourrure douce et souple mais capable de s'ériger en système défensif au moindre réflexe. Enfin, pour leur permettre de s'intégrer dans la cité, il a le génie d'en faire des esclaves loués à l'élite. Au service des privilégiés, la nouvelle race continuera d'accéder au savoir, même après la mort de son créateur. Pour parachever son œuvre, David Saï offre les humanoïdes à la Ville, à charge pour les *Noirs* de leur trouver des maîtres, vérifier qu'ils sont bien traités, faciliter leur reproduction.

Un an plus tard, le biologiste peut à juste titre se féliciter. Les « saïs » sont devenus la coqueluche du sixième niveau.

Mais la pensée de l'argus électronique qui l'épie sans cesse l'empêche de savourer sa victoire. Les propos qui émaillent la fin de sa bande sont complètement incohérents.

Tigre grimace. David Saï figure dans les annales de sa famille comme un déséquilibré de génie dont le suicide tardif, un soir de mai, n'a étonné personne.

Le *Multi* jette un regard peureux sur les murs alentour. Argus est-il encore en vie? Ses innombrables yeux sont-ils toujours fixés sur les habitants de la Ville? A la réflexion, c'est plus que probable... Mais alors...

Les prêtres savent tout de lui! Et Sandyx! Sandyx est en danger!

Tigre attrape au vol sa lourde cape et se rue au-dehors. Par le Chaos! Pourvu qu'il arrive à temps.

★

Sandyx était épuisée. Il lui semblait qu'elle marchait depuis une éternité. Des heures et des heures passées à arracher ses pieds au cloaque qui ceignait les murailles.

A l'obscurité totale du début avait succédé la luminescence irradiée par la Ville et réverbérée par la neige. L'enceinte blanche en apparence immaculée qui entourait la cité au delà de la barrière de fonte offrait un contraste saisissant avec la noirceur boueuse dans laquelle Sandyx enfonçait jusqu'aux chevilles quand elle ne glissait pas, engluant ses genoux, ses poignets et ses bras dans la glaise.

Lorsqu'elle atteignit enfin les premiers taudis des *Sancous,* une suée d'angoisse vint s'ajouter à la transpiration qui poissait son visage. Personne n'avait songé à lui donner de repère. Comment allait-elle trouver la tanière de l'avorteuse?

D'un pas que la fatigue et l'indécision rendaient mal assuré, elle continua de contourner la Ville, s'en éloignant un peu pour essayer de se repérer sur l'enfilade des strates et les groupements inégaux des différents édifices.

Désespérée, incapable de se retrouver dans le dédale des loges plongées dans l'ombre par l'heure tardive, elle allait se résoudre à frapper à la porte de l'un des taudis pour demander son chemin lorsqu'elle discerna une petite lumière qui dansait au niveau des *Rouges* et se perdait vers la base de la muraille.

Elle s'écarta davantage encore jusqu'à rentrer dans la circonférence neigeuse où elle savait que sa silhouette deviendrait visible.

Quelques instants après, le faisceau lumineux se braquait sur elle, puis sur la base de la muraille, de façon si répétée qu'il ne pouvait s'agir que d'un signal.

Consciente du temps qui coulait, inexorable, Sandyx se précipita vers la cahute adossée au massif rocheux et frappa.

— Entrez! chuinta une voix décourageante.

La jeune fille poussa la porte et se figea devant l'invraisemblable spectacle qui lui était offert.

Dans un égout souterrain, une longue ouverture avait été creusée. Un être gisait à l'intérieur dans une puanteur indescriptible.

— La porte, pagaïe! Le froid rentre! pleurnicha-t-il.

Comme dans un rêve, Sandyx repoussa le battant, derrière son dos.

L'être s'était levé, dégoulinant de vase, et croassait :

— C'est gentil de venir voir un vieux *Violet* comme moi.

Avec horreur, Sandyx réalisa que ce corps nu était celui d'un homme et qu'en aucun cas, il ne pouvait s'agir de la *Sancou*.

— Je suis l'Immondice de la Ville! dit l'ex-urbaniste avec emphase. C'est bien d'être venue t'apparier avec moi.

— Ça alors! s'exclama la jeune fille, suffoquée. Non mais, vous vous êtes regardé?

– Tu ne devrais pas faire la difficile. On ne peut pas dire que tu sois propre. Et tu n'es pas bien belle non plus!

Avec une incroyable vivacité en comparaison de son inertie précédente, l'homme avait jailli de sa souille et s'était rué sur Sandyx.

Celle-ci se mit à hurler sous l'étreinte fangeuse. Les mains tièdes et collantes de son agresseur avaient agrippé ses oreilles, repoussé sa tête, et deux yeux fous la fixaient comme des yeux d'aveugle...

Sandyx essaya d'exercer son pouvoir, mais en vain. C'était elle qui défaillait. Ce regard, cette odeur, cet être visqueux...

Révulsée, elle allait perdre conscience lorsqu'elle sentit qu'on la tirait en arrière tandis qu'une voix grondait :

– Lâche cette gamine, le Verrat! Elle n'est pas pour toi!

La *Sancou* poussa un étrange grognement.

– Je comprends. Elle s'est trompée de porte, hein? Encore une que tu vas tricoter!

Il renifla avec mépris.

– Ça va. Je te rends ta proie. Essaie de ne pas la massacrer, celle-là!

Avec un frisson d'appréhension, Sandyx se retourna vers sa libératrice. Elle se sentit immédiatement mieux.

L'avorteuse était propre. Ses cheveux étaient tirés en arrière dans un chignon serré et les plis d'amertume qui striaient son visage étaient adoucis par un sourire de bienvenue.

– Viens, dit-elle. J'habite juste à côté. Je t'attendais. C'est une chance, sinon je ne t'aurais pas entendue crier. Le Verrat est fou mais personne n'est encore arrivé à le tuer. Heureusement, si on arrive à temps, il se laisse raisonner. Mais une fois, il a violé une gamine qui venait pour moi et il s'est mis à la bouffer vivante. Crois-moi si tu veux, la gosse ne criait même pas. Elle n'avait même pas l'air d'avoir mal. Elle est morte quelques heures plus tard. Pourtant pas une de ses blessures n'était mortelle. C'est comme s'il lui avait volé son étincelle vitale. C'est ça : elle s'est éteinte...

L'avorteuse fait-elle exprès de tenir ces propos sadiques? Sandyx se sent à nouveau très mal. La cabane de la *Sancou* ressemble assez à une loge de *Rouge*. Un assemblage d'objets hétéroclites et vulgaires parvient à donner une apparence de vie au taudis. Une couverture recouvre un grabat accroché en hauteur. Contre les rats? se demande Sandyx en se déshabillant.

La *Sancou* a recouvert le bord du lit d'un linge d'une blancheur douteuse. Elle ordonne à la jeune fille de s'installer là. Bientôt Sandyx serre les dents. Tirant sur l'ouverture de son vagin, l'avorteuse est en train d'y introduire un écarteur en bois.

Ensuite, tout va très vite. S'éclairant avec une petite torche électrique, la femme pousse d'une main experte à l'intérieur du col de l'utérus le tube souple d'un roseau des marais. Sandyx appréhendait tellement la douleur que ce qu'elle ressent lui paraît négligeable.

– Garde-le jusqu'à demain et tu seras délivrée, affirme la *Sancou*.

Sandyx se rhabille en vitesse, sort de ses poches les précieuses tablettes protéinées et le fil de nylon réclamés pour salaire et, sans même penser à remercier, elle se sauve comme une voleuse.

Le retour lui semble bien plus rapide que l'aller.

Anticipant sa délivrance, elle se sent légère, comme si l'on venait de retirer de son ventre l'énorme poids qui le comprimait.

Lorsqu'elle parvient à l'embouchure du tube, la nuit s'éclaire à peine. Elle pousse un soupir de soulagement. Elle a respecté son contrat.

★

– Ouh, ouh! Za'farân! Mélanie! Ohé!

Za'farân sursaute. Elle s'était à moitié endormie. Ainsi Sandyx a réussi! L'*Orangée* consulte son chrono. A peine cinq heures, tout va bien. Elle passe la tête dans le tube et crie :

– Je mets l'aspiration en marche. A tout de suite!

Elle se hâte vers la salle de commande, réveille Mélanie, déplace le curseur sur la position 5, explique à l'artisane :

– Va la réceptionner. Elle devrait remonter en douceur mais on ne sait jamais. Il vaut mieux que tu sois là pour la freiner. Je te laisse le temps d'y aller, je mets en route et je te rejoins aussitôt.

Mélanie sort et va se poster à l'orifice du tuyau. Quelques instants plus tard, un grondement infernal ébranle tout le silo, les ventilateurs se mettent à fonctionner à plein régime, projetant Mélanie sur le sol. Juste au moment où Za'farân entre dans le silo et se fige, terrorisée, un corps jaillit du tube et va s'écraser sur le grain au terme d'une ellipse d'une bonne vingtaine de mètres.

Za'farân s'est ruée à l'extérieur pour couper le contact. Au moment où elle sort de la salle de commande, des coups violents se mettent à ébranler la porte d'entrée.

Tout est perdu.

Résignée, Za'farân va ouvrir et s'étonne de trouver un *Multi* hagard là où elle pensait affronter des *Verts*.

– Sandyx! Il ne lui est rien arrivé, n'est-ce pas? Je suis Tigre, son ami, et je viens d'apprendre des choses terribles!

L'*Orangée* a baissé la tête. Sans mot dire, elle conduit le *Multi* dans le silo où gît la forme ensanglantée, brûlée par le frottement, défigurée...

A l'autre bout de l'entrepôt, Mélanie se relève avec peine, une main pressée contre l'hématome qui déforme son crâne.

– Pagaïe! Tout ça pour rien! grimace-t-elle.

Tigre sanglote, berçant contre lui le corps inanimé et meurtri comme s'il était responsable de sa mort. Il caresse les cheveux bruns collés par le sang.

Bruns? Ce n'est pas possible! Tigre réclame la lampe, déshabille le corps avec fébrilité... Sous les vêtements noircis, les parties intactes de l'épiderme sont blanches, et cette femme est beaucoup plus vieille que Sandyx.

A l'exultation du *Multi* succède un nouvel accablement. La *Sancou* a sans doute tué l'adolescente pour usurper sa place.

– Mais je suis sûre d'avoir reconnu la voix de Sandyx, tout à l'heure, affirme Za'farân. Et comment cette femme aurait-elle su mon nom et celui de Mélanie?

– Alors elle est sans doute en bas? Assommée? En train d'agoniser, peut-être? Uracan! Il faut faire quelque chose! clame Tigre.

– Et quoi? Cet appareil est complètement déréglé. Si vous voulez descendre, faut pas vous priver, dit Mélanie avec mauvaise humeur.

– Du calme. Avant tout, il faut savoir ce qui s'est passé. Le curseur était sur 5 et il a fonctionné en force 10. Ça n'aurait jamais dû arriver, affirme Za'farân.

– Il a été saboté!

– Qu'est-ce qui vous fait dire ça?

Tigre leur raconte la découverte qui a motivé son arrivée en catastrophe au silo.

– Si c'est un sabotage, tout n'est pas perdu. Mélanie peut sans doute découvrir l'origine de la panne, peut-être même réparer. Mais le temps presse. Il faut faire vite. Vous, là, le *Multi*, renvoyez donc la *Sancou* d'où elle vient et rejoignez-nous au fond du couloir.

– Mais si Sandyx se trouve juste en dessous? Ça va finir de la tuer!

Za'farân réfléchit.

– La force 3 marchait bien tout à l'heure. Si elle ne s'est pas déréglée, quelqu'un peut descendre pour écarter Sandyx. Ensuite, on lui balance l'avorteuse et en attendant qu'on ait réparé, il la planque dans un endroit discret. Non?

Les deux filles regardent Tigre qui rougit de son hésitation.

– D'accord, j'y vais! lance-t-il en se dirigeant vers l'embouchure.

– Oh là! Tout doux! Attendez qu'on branche l'aspiration. Si vous vous fracassez en bas, vous ne pourrez plus servir à grand-chose.

L'aspirateur s'était mis en marche dans un ronronnement doux. Un court moment plus tard, Tigre serrait dans ses bras le corps inanimé mais vivant de Sandyx.

La soufflerie s'arrêta et un paquet de chair

s'écrasa sous le tube avec un bruit répugnant. S'assurant une prise sur le sayon ensanglanté, Tigre tira longtemps la *Sancou* le long de la muraille et finit par l'abandonner dans une déclivité où l'eau boueuse accumulée cacherait quelque temps le cadavre.

Dans la salle de commande, Mélanie avait découvert le sabotage. Le ressort du curseur avait été trafiqué de façon à passer automatiquement de force 4 en force 10, laquelle entraînait la mise en route spontanée de la soufflerie. Un piège mortel on ne peut plus ingénieux dans sa simplicité. Mais qui présentait l'avantage d'être neutralisé en quelques instants.

Cette fois-ci, les deux filles firent un test avant d'appeler Tigre.

L'aspiration fonctionnait à merveille.

Sandyx n'ayant toujours pas repris connaissance, Za'farân passa en force 6. Ainsi, Tigre parviendrait à remonter l'adolescente en la poussant devant lui.

Un peu plus tard, Mélanie comparait l'hématome qui ornait l'occiput de Sandyx avec celui qui déformait son propre crâne. Chacun ayant voulu palper, la douleur dut faire revenir la jeune *Rouge* à la conscience car elle ouvrit les yeux en gémissant.

– Bienvenue chez les vivants! dit Mélanie dans un grand rire soulagé.

★

Argyre me fait peur. Je ne le comprends plus. Une aura malsaine émane de lui. Je sais depuis toujours sa soif éperdue du Pouvoir. Mais jusqu'à maintenant, j'avais toujours pensé qu'il parvenait à dominer cette pulsion insatiable. Je l'admirais pour cela.

A présent, je ne suis plus aussi sûr. Il se conduit vis-à-vis de moi comme si j'étais l'alter ego auprès duquel il n'est pas nécessaire d'exercer un contrôle. Comme si je lui permettais de délier tous les monstres refoulés d'ordinaire.

D'ordinaire... C'est cela. Il se passe en ce moment quelque chose d'extraordinaire, et cette chose-là, cette chose imprévue, cette chose lui échappe. Il y a, hors de lui, un animal fou qu'il ne peut enchaîner ni dompter. Et cela provoque le déchaînement, en lui, de sa propre sauvagerie.

Lorsqu'il m'a convoqué, avant-hier, il n'avait pas cru bon de se composer un visage. La rage le possédait.

Me croit-il assez solide pour pouvoir résister au spectacle de sa violence ?

Par la Couleur ! Ce faciès blême et décoloré ! Cette voix blanche et hachée ! Ces yeux brûlants qui m'irradiaient de leur frustration haineuse !

L'extension de ce complot contre la Ville ne peut être responsable de son état. Jusqu'à maintenant, l'existence de la conjuration l'excitait. Il y a un ou des éléments nouveaux. Des éléments très graves... Et je ne comprends pas qu'il se refuse à m'en informer.

Qu'importe, j'ai les moyens de les découvrir. Je veux savoir ce qui se passe. Si Argyre m'imagine comme une marionnette entre ses mains, tant pis pour lui. Il est très loin du compte. Il n'aurait jamais dû insérer le doute dans mon esprit au moment où il me demande d'exercer une surveillance accrue sur tous ces gens. Il a beaucoup trop insisté sur la nécessité de lui rapporter sans exception tous les propos des conjurés. Jamais encore, il n'avait eu de telles exigences. Cela cache quelque chose. Et je ne tarderai pas à savoir ce qu'Argyre peut désirer cacher au chorège Sélèn.

★

– Ça ne peut plus durer! éclata Raudh.

Sa voix désincarnée offrait un contraste étrange avec la véhémence de ses intonations.

Plus l'adolescente se laissait emporter par ses émotions, plus elle avait l'air d'une mauvaise actrice récitant un texte insincère. Sandyx ne s'y était pas encore habituée. Elle sursautait à chaque fois.

– Que proposes-tu? dit-elle avec amertume.

– Forcer Tigre à intervenir.

Le ton catégorique de Raudh arracha un sourire à Sandyx.

– Tête de mule! Je t'ai dit cent fois que je ne peux exiger ça de lui. Et, de toute façon, il n'est pas équipé.

– Un équipement, ça se bricole!

– Raudh, s'il te plaît, je n'en peux plus. Nous avions décidé de ne pas revenir sur ce point. Tu me l'avais promis.

L'air buté, Raudh se rencogna à l'extrême pointe du canapé. Sandyx soupira. Son amie ne l'aidait vraiment pas. Au contraire. Elle contribuait sans cesse à renforcer l'angoisse qui les étreignait toutes les deux.

La visite à la *Sancou* remontait à sept jours et Sandyx attendait toujours le déclenchement de sa fausse couche. Elle n'avait rien à reprocher à Tigre. Il s'était excusé spontanément de ne pouvoir intervenir. L'idée même d'opérer sur un appareil génital féminin le révulsait. Il aurait pu surmonter sa

153

répulsion pour aider à un accouchement, parce qu'il aurait eu la sensation d'accomplir un acte positif. Mais cette pénétration agressive destinée à donner la mort correspondait chez lui à trop de pulsions et de fantasmes morbides pour qu'il pût s'y résoudre.

Le visage de Tigre, théâtre où s'exprimaient sans masque des sentiments torturants, avait convaincu Sandyx beaucoup mieux que n'importe quelles paroles. Nous détenons tous quelques dragons dans des oubliettes secrètes. Lorsque l'un d'eux s'éveille, il n'est pas toujours facile d'être très bon geôlier.

De se trouver soudain confrontée à l'ambivalence de Tigre avait troublé Sandyx. Cette violence brute lui faisait peur et l'attirait à la fois. Le *Multi* lui semblait moins inaccessible, plus proche d'elle dans le sens où il paraissait soudain moins fade, plus convulsif.

Un élan l'avait poussée vers lui, un élan irraisonné car l'analyse forçait la jeune fille à s'avouer que la participation du *Multi* au complot ne pouvait se fonder que sur l'alliance peu objective du masochisme et de la culpabilité.

— Par la Couleur! Je ne supporterai pas cette attente une minute de plus!

Raudh s'était levée d'un bond et fixait son amie d'un air déterminé. Sandyx haussa les épaules avec lassitude.

— Que comptes-tu faire? Me piétiner le ventre? M'injecter de l'acide?

— Je vais dire deux mots à cette incapable!

— Qui ça?

— La *Sancou*! Et je te jure que si elle ne me donne pas une bonne solution à ton problème, je l'étripe!

154

– Ma pauvre chérie! Elle fait bien quatre fois ton poids. Et il est hors de question que quiconque se serve à nouveau des tuyaux d'ensilage.

– Je suis au-dessus de tout ça, tu l'oublies. Je peux me retrouver en bas le temps de claquer des doigts. Il suffit que tu m'expliques à quoi ressemble l'avorteuse et son gîte.

– Ne compte pas sur moi. C'est trop dangereux.

– Tant pis. Je me passerai de ton aide.

Sandyx n'eut pas le temps de claquer des doigts, Raudh avait déjà disparu.

Se frappant le front avec rage, elle égrena un chapelet d'injures à destination de l'absente. Comme cela n'était suivi d'aucun effet, elle décida de se calmer. Cela non plus ne fut suivi d'aucun effet.

Continuant d'expédier Raudh sur tous les transports à destination du Chaos, Sandyx se dirigea vers la chambre des bains dans l'espoir que ses nerfs obéiraient mieux à l'eau chaude qu'à sa volonté.

Un peu plus tard, totalement immergée, elle commençait à se détendre lorsqu'un spasme terrible la plia en deux.

Elle avait ouvert la bouche pour crier, oubliant qu'elle était sous l'eau. Elle émergea avec peine, suffoquant et toussant, aveuglée par les larmes.

Lorsqu'elle put voir à nouveau, elle découvrit avec incrédulité dans le bassin où se déployaient des volutes rougeâtres une masse ovoïde et sanglante, flottant entre deux eaux.

« Ça y est, je suis en train d'avorter », murmura-t-elle, partagée entre le soulagement et une peur panique.

Le sang s'épanouissait sous elle comme une fleur malsaine. L'étrange agrégat qu'elle venait d'expulser frôla sa jambe dans le mouvement qu'elle faisait pour se hisser sur le bord. Elle le prit dans ses mains avec un mélange de curiosité et de dégoût. C'était élastique, mou et tiède, et elle dut lutter contre le fantasme de tenir une partie d'elle-même encore vivante.

« Ma vieille, si c'est sorti de toi, c'est que c'est mort. Tout de même, ça a une drôle de touche, un embryon. »

Elle se mit debout sans problème. Elle se sentait faible mais elle n'avait pas mal. Heureusement, car si Tigre avait neutralisé les « yeux » des prêtres dans la salle de bains et dans sa propre chambre, il n'avait pu en faire autant de leurs « oreilles », demeurées introuvables.

« Lorsque ça commencera, mords-toi les lèvres », lui avait-il conseillé. « *Ils* sont sans doute au courant de la situation et n'attendent peut-être que le déclenchement pour intervenir. De toute façon, ne t'inquiète pas, je t'aiderai. J'ai d'excellents calmants. »

Seulement Tigre n'était pas là. Le cinquième jour, il s'était lassé d'attendre en permanence aux côtés de Sandyx. Ce soir, il n'avait pu résister à la tentation d'échapper quelques heures au climat fiévreux qu'entretenaient les deux filles. Il avait juste promis de rentrer tôt.

Sandyx était en train de caler une serviette entre ses cuisses dans l'intention de gagner la chambre du *Multi* lorsqu'une nouvelle contraction la replia sur elle-même.

Haletant de douleur, elle tomba à genoux, puis s'affaissa sur le côté et attendit, recroquevillée, la fin de la souffrance.

Quand elle put se décontracter, une nouvelle masse ovoïde gisait sur la serviette ensanglantée.

Luttant furieusement contre la panique qui l'envahissait, Sandyx essaya de s'en tirer par l'humour.

« T'inquiète pas, ma vieille, des œufs, on n'en pond pas trente-six à la file. Même les poules, elles en sont pas capables. Et pourtant, c'est leur métier. »

L'autopersuasion a ses limites. Sandyx émit un gémissement de détresse. Elle se sentait abandonnée, impuissante à juguler la peur qui déferlait en elle, menaçant de la submerger.

Tout à fait écœurée, cette fois, elle balança ce qu'elle supposait maintenant être un énorme caillot dans le bassin, puis, en quelques pas chancelants, elle parvint jusqu'au lit de Tigre dont la chambre ouvrait sur la salle d'eau. Elle s'y effondra, cassée en deux par une nouvelle contraction.

Avalant l'air à petits coups précipités, elle réussit à résister au cri qui s'enflait en elle et se rendit compte qu'elle arrivait, en respirant ainsi, à limiter un peu la douleur.

« Raudh ! » gémit-elle lors de l'accalmie suivante. « Où es-tu ? C'est ici que j'ai besoin de toi. »

Et tout d'un coup, elle ne fut plus seule. Ce n'était pas Raudh, ce n'était pas Tigre, c'était tendre et doux et attentionné et cela s'installa derrière elle pour qu'elle pût blottir le haut de son corps et caler sa tête et cela se mit à chanter-chuchoter une sorte de mélopée calme et rythmée qui la forçait à respirer en mesure.

La douleur s'éloignait d'elle. Elle se sentait chaude et un peu ivre comme si le vin de prunelles de Tango l'imprégnait à nouveau. Les contractions continuaient à convulser son périnée, mais cette partie de son corps lui semblait dissociée d'elle-même, comme anesthésiée.

Ses sensations se brouillèrent. Elle était un océan de brume et la voix qui la berçait y éveillait d'étranges échos.

Un instant fugitif, elle eut l'impression de s'accorder à quelque chose de surhumain mais, comme si on l'avait laissée accéder par mégarde à une contrée interdite, tout se brouilla de nouveau. Elle se mit à flotter dans un non-être indicible.

La mort? Etait-elle en train de mourir comme sa mère? La mort était-elle cet univers clément, ouaté, où s'effaçaient insensiblement les bruits, les heurts, la souffrance, et jusqu'à la conscience de soi?...

Elle s'en était allée. Très loin, très loin. Maintenant elle était de retour.

C'était aussi agréable de rentrer que d'être partie.

Elle marchait sur un chemin imprécis et ne pouvait rien distinguer de son corps.

Elle n'était pas inquiète.

Bizarre...

Cette absence de repères, ce flou, cet environnement fantôme, cela n'aurait-il pas dû l'inquiéter?

Elle se sentait bien. Simplement bien. Sans aucune envie de réfléchir davantage. D'ailleurs, le brouillard se dissipait, livrant passage à une forme fauve et noire, une forme mouvante qui chuchotait des mots sans suite.

Graduellement, les mots s'organisèrent jusqu'à composer une phrase : « A-t-elle beaucoup souffert? »

La forme tigrée se rapprocha davantage. Deux surfaces sombres et lustrées brillaient entre les zébrures. Plus près. Encore plus près. C'était un peu effrayant.

De nouveau ce chuchotis, comme un environnement sonore : « Sandyx ? Est-ce que tu m'entends ? »

Oui. C'était cela : deux yeux, une bouche, une expression inquiète, le visage de Tigre. Et les mots avaient acquis une signification.

– Bien entendu, je t'entends ! dit-elle d'une voix empêtrée et maussade.

Elle était contrariée sans parvenir à s'expliquer pourquoi. L'envol du pays des brumes ? Le retour du réel prosaïque ?

D'un coup, tout lui revint en mémoire ; ses yeux chavirèrent, se révulsant comme pour recouvrer l'apaisement de l'oubli. Deux gifles ponctuèrent son retour définitif à la conscience.

Allons, ce n'était pas si terrible. Elle s'en était sortie.

Sa main droite tâtonna jusqu'à son sexe chaud et poisseux, s'éleva en oscillant dans la lumière, retomba lourdement. C'était rouge. Un peu. Pas trop.

– C'est fini, expliqua Tigre. Tu as eu de la chance. Les saïs se sont bien occupés de toi.

Les saïs ? C'était donc cela ! Cet être doux sur lequel elle s'appuyait encore était un saï ! Elle essaya de se relever, mue par un sentiment composite de reconnaissance et de crainte, mais elle retomba, sans forces, entre les bras de l'humanoïde. Renversant sa tête en arrière, elle rencontra deux iris chatoyants d'où rayonnaient une tendresse intense et de la compassion. Comprenant à quel point il est vain de vouloir paraître plus fort qu'on ne l'est, elle s'abandonna à la douceur de cette étreinte nouvelle.

Quelques instants calmes s'étirèrent. Soudain Sandyx prit conscience du regard de Tigre. Envieux, brûlant de jalousie. Elle en éprouva de la peine. C'était manifeste, le *Multi* était obnubilé par la vue du couple qu'elle formait avec le saï. Il ne fallait pas laisser à cette jalousie le temps de s'installer.

– Tu assistes à une thérapie, pas à une pariade, dit-elle avec plus de rudesse qu'elle ne l'avait voulu.

Tigre rougit d'avoir été deviné. Il ébaucha une grimace et la réprima si difficilement que sur sa peau, entre les zébrures brunes, l'orangé devint écarlate.

– Pardonne-moi, articula-t-il avec plus de défi que d'humilité. C'est la première fois que je vois un saï se servir de l'hypnose.

– De l'hypnose ? Alors c'est ainsi qu'il a supprimé ma souffrance ?

– Oui. En principe, tous les saïs sont capables d'induire l'hypnose. Et cela sur qui que ce soit. Mon père m'avait expliqué qu'ils se servent très peu de ce don, sauf pour soulager la souffrance. Mon père disait aussi que l'une des autres facettes de ce don permet aux saïs de communiquer entre eux à distance. Je n'ai jamais rien pu vérifier. Les saïs ne se prêtent pas aux expériences. J'avoue que je prenais tout ça pour des sornettes. Mon père avait une nette propension à se laisser emporter par des rêveries chimériques. Maintenant que ses affirmations se sont réalisées sur un point, comment ne pas croire aux autres ?

Le regard de Tigre quitte les yeux de Sandyx et remonte jusqu'à ceux de l'humanoïde.

– Del, supplie le *Multi*, me pardonneras-tu jamais d'avoir douté de toi?

Sandyx s'est écartée, poussée par la curiosité. Le saï ferme les yeux. Posant un index sur sa bouche, il fait le signe du silence. Tout est contenu dans ce signe et dans la façon dont le saï rouvre les yeux sur le *Multi*. Pacification, amour, présence du danger. La voix de Tigre, trop passionnée, a dû traverser l'écran de brouillage bricolé en hâte ces trois derniers jours.

C'est ce moment que Raudh choisit pour faire son apparition, au pied du lit.

Elle reste floue un moment, comme si elle hésitait à réintégrer la pièce.

Enfin, son visage se précise, déformé par une moue boudeuse.

Les yeux luisent de colère, la bouche s'ouvre et se ferme, murmure enfin, dans un souffle métallique, presque spectral :

– Par la Couleur! Tu ne pouvais pas me le dire, que vous l'aviez crevée?

Sandyx écarquille des yeux ahuris et Tigre intervient :

– Mais qu'est-ce que tu racontes? Et d'où sors-tu? D'où vient cette gadoue?

– D'où je sors? D'en bas, tiens! Je suis allée faire rendre gorge à la *Sancou*. Je ne m'attendais pas à ce que vous soyez passés avant. Vous auriez pu me prévenir, tout de même!

– D'accord, on ne t'a pas prévenue, concède Tigre, qui vient de réaliser ce qu'a tenté de faire la gamine. Mais n'accuse pas Sandyx, elle n'en savait pas plus que toi. Ça ne l'inquiétait pas beaucoup de savoir ce qu'était devenue la *Sancou*. On a seulement menti par omission. Le tableau était assez noir comme ça sans en rajouter.

– Si tu m'avais écoutée, au lieu de foncer en faisant semblant d'être sourde, tu aurais épargné ta peine! dit Sandyx, narquoise.

– Ne me dis pas que...

– Eh si!

– Oh non! gémit Raudh qui, de détresse, redevient spectrale, tant de ton que d'aspect. Sa forme floue est parcourue de longs frissons révélateurs de son angoisse. A peine discernables, les deux bras sont serrés autour du corps comme pour le protéger contre un manque terrible.

– Raudh? appelle Sandyx, inquiète.

La petite fille fait un effort évident pour se reprendre. Ses contours deviennent plus nets; dans le visage, les yeux réapparaissent, brillant comme des étincelles. Sandyx rit, soulagée.

– Calme-toi. Tout va bien. J'ai eu de la chance. J'étais terrorisée mais les saïs m'ont prise en charge. Grâce à eux, non seulement je n'ai pas souffert, mais j'ai vécu une expérience étrange et merveilleuse. L'impression de toucher à un infini de paix. Tu vois. Je suis une privilégiée. D'ailleurs, c'est bien l'opinion de Tigre. Il est jaloux, mais jaloux! Comme un tigre... ce qui n'est pas peu dire!

Le rire des deux filles fuse devant l'expression embarrassée du *Multi*. Lequel coupe court à leur hilarité en déclarant d'un ton grave :

– En tout cas, moi, je n'y comprends rien. Les *Noirs* auraient dû intervenir depuis longtemps. Je me demande ce que ça cache..., ce qui se trame. Ça me fait peur.

– Ça ne cache peut-être rien du tout? dit Sandyx avec son optimisme habituel. Peut-être que leurs oreilles et leurs yeux sont sourds et aveugles? Ou qu'ils ne s'en servent plus? Ou pas contre nous?

– Tu oublies l'enlèvement de Raudh et le sabotage du mécanisme d'ensilage!

– Et si c'étaient des coïncidences?

– Souhaitons-le.

– En tout cas, les coupe Raudh, moi, j'ai une bonne nouvelle.

– Raconte!

– J'ai rencontré des *Sancous* supers, en bas. Ça ne les chagrinait pas beaucoup que l'avorteuse se soit fait tuer. Ils pensaient qu'elle avait fait payer à beaucoup de femmes d'en haut le privilège d'être encore colorées. Bref, on a sympathisé, je leur ai raconté ce qu'on essayait de monter contre les prêtres, ils sont prêts à nous aider.

– Mais comment? A quoi pourraient-ils nous servir, d'en bas?

– Ils ont des armes! assène Raudh sur un ton triomphal. En petit nombre, mais leur forgeron pourrait nous en fabriquer d'autres.

– Ça, c'est effectivement une bonne nouvelle! confirme Tigre. Jusqu'à maintenant, c'était le principal problème. Mais que réclament-ils en échange?

– La possibilité de se réinsérer après une période probatoire. Ça semble correct, non? Par la Couleur, la façon dont ces gens vivent, c'est inhumain!

– Mais il y a des fous chez les *Sancous*! murmure Sandyx, se remémorant avec un frisson d'angoisse l'ex-*Violet* vautré dans la vase.

– Rien dont les psyrecteurs ne puissent venir à bout, affirme Tigre avec cynisme. Ceux qui ont été décolorés par le Hiérarque l'ont été pour l'exemple. Et que nous puissions assister à leur survie du haut de nos remparts constitue une excellente dissuasion. Les *Sancous* ne sont pas nombreux et j'ai pu constater que leur nombre restait constant malgré une mortalité élevée. C'est donc qu'ils sont renouvelés à dessein. Je sais aussi que lorsque la disette décime par trop leurs rangs, ils trouvent de la nourriture aux portes de la Ville. J'ai peine à croire que les prêtres agissent ainsi pour des motifs humanitaires.

– C'est horrible, ce que tu es en train de dire, proteste Sandyx dont le teint est en train de virer.

– Tu as raison, c'est horrible. Mais, soyons réalistes, c'est aussi notre chance. Les *Sancous* nous aideront. Il faut fêter ça, et surtout la délivrance de Sandyx. Cela vaut bien quelques capsules de rakclac. Autant en profiter tant que nous sommes encore vivants!

– Par le Chaos, Tigre! Ton pessimisme est révoltant!

– Et votre optimisme, incurable! Il faut bien quelqu'un pour faire le contrepoids.

★

Argyre avait fait une erreur. Une de plus, pensait-il en ruminant sa détresse et sa frustration.

Il avait manqué de la prudence la plus élémentaire vis-à-vis de Sélèn. Le garçon était trop intègre, trop sincère. Argyre l'avait cru invulnérable; il le découvrait hypersensible; peut-être même fragile. Jamais il n'aurait dû lui confier la surveillance des conjurés. Surtout une surveillance accrue au moment même où ces derniers lui échappaient.

Si Sélèn, en apprenant l'existence des micros et des caméras d'observation, s'était contenté d'en faire part au prêtre, sans doute celui-ci aurait-il pu fournir une explication au chorège... Mais le pire s'était produit. Sélèn avait retourné contre Argyre la surveillance qui lui avait été confiée.

Le prêtre avait maintes fois essayé de se représenter sa propre attitude face aux écrans d'observation... sans jamais y parvenir. Il lui était impossible de se décentrer assez. Mais son imagination pouvait lui faire un tableau en fonction de la réaction de Sélèn. Une réaction d'horreur, de dégoût. Une réaction qui avait perturbé Argyre, le privant des vieux réflexes qui lui permettaient d'habitude de s'adapter à ce genre de situations, de trouver les mots susceptibles d'atténuer des réalités trop crues, trop brutales.

Depuis, il avait tenté d'analyser ce mécanisme suicidaire qui s'était emparé de lui, vidant sa tête, l'empêchant de trouver la parade aux accusations sans nuances dont l'accablait le chorège.

C'était terrible. Il n'avait même pas essayé de se justifier. Encore moins de se disculper en rejetant la faute sur une tierce personne. Le Hiérarque, par exemple. C'était pourtant si évident... et si facile.

Argyre pensait avoir trouvé ce qui l'avait bloqué lors de l'affrontement. Cette découverte l'avait jeté dans un abîme. Et depuis, chaque fois qu'il repensait à Sélèn, il tombait à nouveau, comme aspiré par la bouche d'une entité obscure.

Il luttait contre la force d'attraction qui le poussait sans trêve au bord du gouffre, mais face à de tels pouvoirs de séduction, ses forces s'amenuisaient.

Des heures durant, il s'était imposé une guerre d'usure contre la certitude qui l'investissait comme on s'empare d'une citadelle, à coups de béliers et de boulets enflammés, puis pied à pied, soudard contre soudard...

Vaincu, il avait dû se rendre à l'évidence. Il aimait

Sélèn. Il tenait au chorège plus qu'à lui-même. L'être qu'il avait formé et presque façonné de ses mains, l'être qu'il avait remis au monde et porté à bout de bras, l'être qui avait pu grâce à lui accéder à la jouissance suprême de la Totalité, cet être était sa raison de vivre.

Argyre se sentait comme un père abandonné par un fils ingrat après qu'il lui a tout donné, jusqu'à sa propre substance, son étincelle de vie.

Il prenait conscience douloureusement qu'il avait réalisé à travers Sélèn tous ces potentiels qu'il n'avait pas lui-même fait aboutir. Faute de talent?... ou de confiance en soi? N'était-il pas finalement plus facile de se réaliser par personne interposée? De voir l'Autre prendre tous les risques? Oui, mais s'il n'avait été là, lui, Argyre, qui aurait relevé Sélèn? Qui lui aurait montré le chemin?

« Sans moi, Sélèn serait mort », murmurait Argyre.

Et il répétait comme un exorcisme : « Mort! MORT! MORT! »

« Mon petit, mon enfant, mon double, reviens-moi », gémissait-il, cédant, non sans délices, à son amour et à son trouble.

Les gouffres sont séduisants parce qu'ils sont noirs infiniment et comme tels infiniment insondables. Ils peuvent tout contenir, l'amour et la haine, les anges et les démons, les contraires y fusionnent.

Lorsqu'au bord de l'endormissement, le sol se dérobe d'un coup sous vos pas, vous tapez du pied sur ce qui reste de terre ferme pour échapper au piège béant, mais c'est pur réflexe, ultime défense de la raison. Le sommeil et la nuit vous rendent à vos gouffres...

Révélé à son amour, Argyre n'avait plus besoin du sommeil pour glisser dans son gouffre. Il s'y laissa couler avec délices, accumulant les ténèbres au dessus de sa tête comme on rabat les couvertures.

7

Dans le jardin de fleurs, les couleurs vernissées par un soleil printanier luisaient avec éclat.

Narcisse exultait. Cette tiédeur contre ses reins, ces effluves parfumés, c'était comme une confirmation, le signe du renouveau.

Telle une plante phototrope, elle se tourna vers la source lumineuse, offrant son visage au rayonnement. Les yeux clos, elle profitait de cet instant de grâce. Il y avait longtemps qu'elle ne s'était sentie aussi bien.

A l'autre bout du jardin, les derniers visiteurs s'en allaient. Le ciel se couvrit et Narcisse frissonna dans le vent frais. Marine, son hôtesse, venait vers elle, relevant ici et là une tige pliée. Elle cueillit un narcisse, l'offrit à l'hétaïre, se retourna avec discrétion pour laisser à la jeune femme le loisir d'admirer la fleur dont elle portait le nom.

Les fleurs naturelles étaient rares et précieuses. Produit de luxe, elles n'étaient cultivées qu'à très petite échelle, dans les jardins des horticulteurs bleus qui en faisaient commerce. Les plantes mutantes des parcs publics, même les plus beaux camaïeux, pâlissaient devant la diversité spontanée de leurs couleurs.

Cette diversité, on ne la trouvait à profusion que dans les parcs de la sixième strate. Ce privilège exorbitant, les *Multis* n'en jouissaient même pas, tant il est vrai que ce que l'on a sous les yeux en permanence se banalise. Leur indifférence aux chapardages des citadins monochromes en portait témoignage.

Narcisse piqua la fleur dans ses cheveux et sourit à Marine. En quelques semaines, la *Bleue* était devenue une militante active. Par petits groupes, selon le principe du bouche à oreille, la plupart des femmes de la troisième strate avait défilé chez elle. Le petit jardin clos protégeait des regards indiscrets et l'on pouvait supposer qu'il échappait aux détections électroniques. D'autre part, Marine bénéficiait de l'appui indéfectible de son compagnon de pariade.

Certains *Bleus* s'étaient sensibilisés à la révolte des femmes au point d'y prendre une part active. C'était inattendu. La proximité des *Verts* qui rendait d'autant plus périlleux tout mouvement de rébellion semblait moins les retenir que les aiguillonner.

Narcisse s'était découvert des talents de tribun. Elle n'aurait jamais soupçonné à quel point il lui serait facile de convaincre et mobiliser son public. Certes, la tâche était d'autant plus aisée que les femmes étaient plus exploitées, mais le succès de ses harangues avait dépassé ses espérances. Ce succès se trouvait confirmé par Sandyx chez les *Rouges* les plus jeunes, et par Za'farân et Mélanie chez la plupart des *Orangés* et un grand nombre de *Bruns*.

Aidé de Prune, une amie urbaniste, Mauve avait également fait un bon travail chez les *Violets*. Par contre, il fallait s'y attendre, la prospection prudente de l'hétaïre auprès de ses consœurs s'était avérée négative. Les *Jaunes* ne voulaient abdiquer aucun de leurs privilèges.

Restaient les *Multis*. Il faudrait persuader Tigre de sortir enfin de sa réserve. Certains des maîtres-fondateurs attendaient depuis longtemps une occasion semblable. Ils saisiraient sans doute cette chance d'assouvir leurs rancunes secrètes. Narcisse savait qu'ils n'hésiteraient pas à se servir de leurs compagnes comme armes contre le Hiérarque.

Plus tard, dans le vertiligne violet qui la ramenait vers Mauve, l'hétaïre décida de rendre visite à Tigre sans attendre.

Elle n'avait pas pour habitude de se mentir à elle-même. Elle reconnaissait clairement la fuite dans sa démarche. Une façon déguisée de différer ses retrouvailles avec l'urbaniste qu'elle n'avait pas vu depuis plus d'une semaine. Un court instant, elle se demanda si elle était entrée dans la lutte pour fuir le *Violet* mais c'était oublier qu'elle ne l'avait rencontré et séduit que pour trouver les moyens de cette lutte.

Elle était seule dans le vertiligne. De ne plus avoir à exercer le contrôle qu'elle s'infligeait en permanence lui fit soudain sentir le poids des tensions accumulées. Ses épaules se voûtèrent, son dos s'affaissa contre la banquette. Même son visage lui donnait l'impression de pendre comme s'il avait vieilli d'un seul coup de vingt ans. Ses paupières se fermèrent sur ses yeux irrités et l'image de Mauve vint la hanter.

C'était terrible mais l'urbaniste la frustrait d'une partie de son plaisir à se réaliser enfin. Etait-ce parce qu'elle lui devait d'avoir découvert un sens à sa vie? Pourquoi, face à lui, ne pouvait-elle s'éprouver que coupable? Parce qu'elle lui avait imposé son amour? Mais c'était sa seule monnaie d'échange pour le risque terrible qu'elle allait le forcer à courir...

Elle s'était imaginée qu'il serait facile de « faire semblant ». Sans doute était-elle trop égoïste, trop égocentrique pour cela. Car en définitive, ce qu'elle ne supportait pas dans sa relation avec Mauve, c'était moins la sensation d'être malhonnête que l'obligation d'avoir à se contraindre.

En changeant de vertiligne, elle aperçut une silhouette blanche. Son cœur se mit à battre plus vite. Mais ce n'était pas Sélèn.

Depuis les Niviales, elle ne cessait de penser au chorège. Etait-ce un autre effet de son égoïsme? Maintenant qu'il avait recouvré son art, souhaitait-elle le vampiriser à nouveau? Elle frissonna. Il y avait de la volupté dans ce frisson. Souvenir de l'étrange plénitude atteinte grâce à Sélèn.

Affalé sur son lit, Tigre flottait dans les eaux troubles de la semi-conscience. Narcisse en comprit la raison en voyant plusieurs coupelles où subsistait un liquide vitreux... sans les capsules de rak-clac qu'il avait contenu.

– Ordre et Harmonie! souhaita-t-elle sur un ton ironique.

– Que le Chaos t'avale! grommela Tigre d'une voix pâteuse.

Il se souleva malgré tout pour échanger les gestes du rituel d'accueil. Tendant sa joue, l'hétaïre embrassa la paume qui venait l'effleurer.

Le *Multi* eut un long tressaillement et parut se réveiller un peu.

Arborant une patience qu'elle était loin d'éprouver, Narcisse s'assit au bord du lit et attendit que son hôte revînt à lui.

Tigre tremblait, évitant le regard de sa visiteuse. Il finit par prendre une petite fiole sous un coussin et but une gorgée au goulot.

– Antidote! grimaça-t-il en guise d'explication.

– Pourquoi vous mettre dans des états pareils?

– Par la Couleur! Vous êtes formidables, toi, Sandyx et tous les autres! Vous n'avez donc jamais peur?

– Peur?

Narcisse s'interrogea. Certes, il lui arrivait bien d'éprouver le petit pincement de l'angoisse quand elle croisait une troupe d'émargeurs. Vivre dans l'illégalité, c'est se demander toujours si les *Verts* ne viennent pas pour soi. Mais peur? Peur au point comme Tigre de se réfugier dans l'alcool?... Non, ce sentiment ne l'avait jamais effleurée.

Elle haussa les épaules. Elle n'éprouvait aucun mépris pour le *Multi*. Juste de la curiosité.

– Pourquoi avez-vous peur?

– Vous m'avez embarqué sur votre bateau contre mon gré. Le tangage, c'est supportable lorsqu'on a des choses bien précises à faire et pas trop le temps de penser au gouffre prêt à vous engloutir en cas de naufrage. Je n'ai pas le pied marin, aucune de vos certitudes et, par la Couleur, le seul calmant que j'ai déniché contre mon mal de mer, c'est le rak-clac!

Le ton geignard de Tigre était si comique que Narcisse éclata de rire. Le *Multi* s'était levé; sa démarche chaloupée redoubla le rire de sa visiteuse.

– Vous êtes sûr que ce n'est pas le rak-clac qui vous inflige ce mal de mer? lança-t-elle avec perfidie.

– Tais-toi, moussaillonne! Es-tu jamais allée sur l'eau?

– Parfaitement. L'été dernier. Je me suis rendue avec Tangara à Ville 3 où il avait à faire. Vous me semblez tout à fait dans l'état de votre congénère un jour où la mer s'était déchaînée. Mais lui, il avait une excuse!

– Si tu avais peur, tu comprendrais que j'ai moi aussi une excuse.

– Vous auriez moins peur si vous vous lanciez dans l'action.

– Uracan! L'action, l'action, vous n'avez que ce mot à la bouche. Je ne vais tout de même pas aller haranguer les femmes!

– Il ne s'agit pas des femmes, mais des *Multis*.

– Les *Multis*? Ils ne bougeront jamais!

– Ils bougeront. Je les connais bien mieux que vous. Votre isolement volontaire vous a coupé de tout. Il y a du bon et du moins bon dans les tours d'ivoire. Si vous avez hébergé Sandyx, c'était peut-être pour vous rattacher au réel, à la réalité extérieure. Il s'est passé quelque chose ces derniers temps qui fait bouger les gens. Et les *Multis* sont des gens comme les autres. Ils flairent le vent et se mettent dans le bon sens.

– Alors tu penses qu'ils n'attendent qu'un signe? Tu ne serais pas un petit peu naïve?

– Tigre, il faut me croire. Je peux vous donner des noms de *Multis* prêts à se révolter contre les prêtres, s'ils se sentent appuyés.

– Eh bien, si tu les connais si bien, pourquoi ne pas formuler ta requête toi-même?

– Je ne suis pas leur pair. A leurs yeux, je reste et resterai la *Jaune*, la putain qui leur a donné un plaisir sans cervelle. Cela les effraierait de réaliser qu'il m'arrive de penser. Je les connais trop bien. Je ne peux pas courir ce risque. Mais ce qui représente un risque pour moi n'en est pas un pour vous. Plus : vous vous êtes toujours tenu à l'écart. Votre démarche sera la conclusion logique de votre retraite; la mise en cause et le refus d'une certaine politique. Vous deviendrez un leader. Ils marcheront avec vous.

Un long moment, Tigre garda le silence. Lorsqu'il releva la tête, son regard s'était éclairci.

– Je vais y réfléchir, articula-t-il d'une voix calme.

Narcisse sourit. Sa cause était gagnée.

★

Sélèn était le Vent.

Il glissait sur la Ville comme une main immense abandonnant partout son empreinte légère,

Il coulait dans les pierres par tous les interstices, insinué comme un serpent aux creux des orifices,

Il drainait les parfums, les cris, l'ivresse, tressés comme des lianes dans les giboulées du printemps,

Il orchestrait un opéra sauvage dans le réseau de la harpe éolienne tendue comme un délire au plus haut de la plus haute tour,

En symbiose totale avec la Ville, Sélèn était le Vent.

Depuis son affrontement avec Argyre, le chorège fuyait à nouveau le réel.

Des jours durant, il s'était réfugié dans le flou. Etonné, presque dépité de ne pas voir intervenir Argyre, il avait fait un effort extrême pour sortir de lui-même. Tout cela pour apprendre, et vérifier, que son mentor, en pleine crise, ne pourrait lui prodiguer aucun secours.

Les assises mêmes sur lesquelles s'était fondée sa nouvelle personnalité s'écroulaient. L'admiration éprouvée pour le Maître se muait en pitié, mépris et horreur fascinée. Argyre s'était effondré comme une digue minée par les coups de boutoir d'une seule tempête. Eût-il résisté, la haine de Sélèn l'aurait auréolé d'une sorte de grandeur. La démesure dans la décadence et la cruauté exerce de troubles séductions...

Mais il s'était effondré et Sélèn se sentait orphelin. Le mépris tue beaucoup plus sûrement que la haine.

Sélèn n'avait jamais réalisé à quel point il était lié au prêtre, à quel point ce dernier lui servait de béquille.

Désormais le chorège boitait. Il n'est pas aisé d'avancer lorsqu'on n'a pas les deux pieds dans le même univers : il se produit un écartèlement des plus inconfortables. L'*Ici* et l'*Ailleurs* se vivent très mal en simultané.

Sélèn jouait avec sa crise comme un enfant tapant inlassablement sur sa balle pour la voir rebondir, inlassable. Il changeait sans cesse d'apparences, tâtonnant dans le potentiel illimité de son corps protéiforme, incapable de se résigner à son propre aspect de bâtard blanc hydrocéphale.

Il éprouvait une satisfaction morbide à côtoyer Narcisse sans qu'elle le sût. Il apprenait ainsi tous les progrès de la conjuration. Une jubilation vindicative le saisissait à la pensée qu'Argyre, point encore sorti de ses limbes, ne pouvait déjà plus circonscrire la révolte. Narcisse et ses amis avaient en quelques semaines avancé à pas de géant. Il arrivait au chorège de se sentir gonflé d'admiration lorsque son ancienne maîtresse terminait un discours spécialement réussi. Ses tics de charmeuse fonctionnaient enfin pour une autre dimension qu'une satisfaction égotiste. Bien sûr, l'hétaïre était toujours et avant tout *Narcisse*. Mais en était-elle consciente? Sélèn gageait que non.

Les moments qu'il préférait étaient ceux où l'hétaïre, ne se pensant plus observée, permettait à son corps de se détendre. Exsudant une volupté secrète, ses gestes retrouvaient alors cette langueur sensuelle dont elle avait un jour lointain gratifié son double masculin.

Sélèn tremblait à ce souvenir. Désespéré, il voulait fuir, mais quelque chose le clouait sur place. Il se retrouvait prisonnier d'yeux noirs, d'une chevelure lumineuse, d'un numéro gracieux de funambule hasardé sans balancier au-dessus d'un gouffre sans fond.

Sélèn se maudissait et maudissait Argyre qui l'avait laissé s'apparier en connaissance de cause.

Sélèn plaignait Argyre et s'apitoyait sur lui-même.

Sélèn avait honni Argyre parce qu'il était Argus... Mais lui-même ne profitait-il pas de son don pour se faire Argus de l'hétaïre? Et à des fins d'assouvissement personnel encore moins honorables?

Sélèn maudissait Argyre et le plaignait pour pouvoir plaindre Sélèn après l'avoir maudit.

A ce stade des malédictions, il heurtait le fond de l'impasse. Heureusement, il était aussi passe-muraille. Il s'amnésiait en se perdant dans sa Ville, objet d'amour certes désincarné mais qui ne l'avait jamais ni déçu ni trahi.

Chaque fois qu'il devenait vent, couleur, lumière, respiration, cœur battant de la Ville, il se réalisait comme une totalité et touchait à la plénitude.

Alors Sélèn *était* la Ville.

Et le pouvoir de la Ville-Sélèn ne connaissait pas de limites.

★

– Raudh, fais un effort! Je comprends ton impatience mais tu dois te rentrer dans la tête que ça n'est plus un jeu. La simulation et les imprudences, c'était valable il y a huit jours. Plus maintenant.

– Par le Chaos, Sandyx, cesse de me faire la morale. Pour moi, tout ça, c'est d'abord un jeu. C'est ça qui m'excite. Tant mieux si ça sert en plus à quelque chose, ce dont je doute.

– Tigre devrait t'adopter! Vous tenez tout à fait les mêmes discours, tous les deux.

– Pas pour les mêmes raisons, tu me l'accorderas.

– Ça revient au même. Uracan! A vous entendre, on ferait mieux de se croiser les bras.

– Oh, il y a d'autres possibilités. Retourner tout de suite les armes contre nous, par exemple. Mais ça ne serait pas drôle. Je ne vais pas me frustrer de jouer au billard avec la tête de quelques prêtres. Elles auront juste le volume convenable lorsqu'on les aura passées dans la machine de Kasseur.

– Pagaïe! Ton cynisme me tue! On ne peut vraiment pas discuter avec toi.

– Tu n'as pas d'imagination. Sinon tu te délecterais. Ma vision préférée, c'est la tête vitrifiée du Hiérarque, moustache entrée dans les chairs, nez écrasé contre les joues, oreilles incorporées aux tympans, une circonférence presque parfaite, encore magnifiée par la faible déclivité des orbites. La part du hasard. Ce qui fait que la boule suivra son chemin et aucun autre. Non mais, imagine! Cette rotation hésitante à la fin de la course avec la lumière qui s'accroche aux prunelles comme un éclat d'agonie!

– Raudh, il n'est pas question de tuer des prêtres. Tout au plus quelques *Verts*, et uniquement si nous y sommes forcées.

– Tu n'y comprends rien. Le billard, pour les *Noirs*, c'est l'immortalité. C'est un cadeau extraordinaire que nous leur ferons! Tu verras, ils n'y résisteront pas.

Sandyx avait envie de hurler. Raudh tenait les propos les plus morbides avec un tel sérieux qu'il était impossible de savoir quand elle plaisantait.

L'horrible billard de Kasseur avait été interdit depuis un demi-siècle mais on pouvait toujours le visiter. Les têtes vitrifiées des condamnés à mort, alignées dans une épouvantable parade, avaient provoqué les cauchemars de générations d'enfants.

Pour augmenter encore la force de dissuasion du célèbre : « Sois sage si tu ne veux pas perdre la boule! », les prêtres rediffusaient régulièrement à la tridi des parties de billard sélectionnées pour la qualité de leur enregistrement.

Il était difficile de rester impassible devant ces grosses billes humaines se carambolant sur l'immense tapis vert. Raudh ne cillait pas et le sonovoc ne l'avait pas rendue plus prodigue de ces exclamations dont Sandyx avait mis l'absence sur le compte de la mutité. Il s'était avéré que Raudh n'était pas le moins du monde écœurée ni révoltée par ce spectacle atroce mais qu'elle le vivait dans une sorte de transe perverse qui la laissait hallucinée. Elle avait avoué à Sandyx qu'elle voyait souvent sa propre tête, magnifiquement queutée par un partenaire invisible – elle se le représentait comme son propre corps décapité –, rouler sur le tapis en déjouant tous les coups adverses...

Cette façon d'assouvir ses aspirations à la transcendance paraissait à Sandyx pour le moins curieuse. Impuissante à juguler les chimères de son amie et ne se sentant pas de taille à les interpréter, elle avait jusque-là réservé son jugement. Mais aujourd'hui, Raudh allait trop loin. Sandyx était exaspérée. Et c'est une voix glacée qui lui vint pour intimer à son amie l'ordre de faire face à la situation.

Ce ton inhabituel calma la petite *Rouge*, instantanément.

Un peu plus tard, Sandyx pénétrait dans le musée Hard Color. Elaboré avec minutie, son plan se révéla sans faille. Tandis qu'elle distrayait le gardien, Raudh se matérialisa dans le poste de sécurité où elle débrancha l'alarme et le verrouillage électroniques des vitrines, puis dans la troisième salle où elle subtilisa les deux armes anciennes ainsi que leurs munitions. Elle s'en fut après avoir réactivé le système de protection, prise d'un fou rire incoercible à la pensée de la tête du *Vert* lorsqu'il constaterait l'impossible larcin.

Le rendez-vous avec Sandyx était chez Adonis, l'ancien « compagnon de pariade ». Raudh aimait bien le *Rouge*. Elle avait souffert pour lui lorsqu'il s'était laissé engloutir par sa dépression, à la mort de son amant.

Elle l'aimait bien mais néanmoins, lorsque Sandyx l'avait tirée de là pour l'emmener chez Tigre, elle avait été soulagée. La détresse du garçon avait quelque chose d'affamé. Raudh éprouvait sur elle-même comme des dents qui la taillaient en pièces. À l'époque, elle était trop fragile pour résister à la dévoration.

Adonis avait changé. Les deux *Rouges* se doutaient qu'elles l'aideraient en le persuadant d'entrer dans la conjuration. Elles avaient vu juste. L'action avait dominé le chagrin du garçon. Deux cycles avaient suffi pour transformer ses allures de squelette argileux prêt à se désosser dans une danse macabre en une apparence fréquentable de *Rouge*. Il s'était investi dans le complot en tant qu'homosexuel puisque l'interdiction de sa différence devenait caduque du fait de la fertilité des femmes. Dût-il en mourir, il marcherait contre les prêtres et les rendrait à la raison.

Quelques-uns de ses amis s'étaient groupés autour de lui. Ils formaient un noyau dur et actif qui secondait Tango. Trois d'entre eux étaient, comme Adonis, conducteurs de travaux sur machines agricoles. Ce contact avec l'extérieur s'était révélé précieux à plus d'un égard.

Raudh décida de profiter du temps que Sandyx mettrait à descendre pour effectuer tout de suite sa livraison à Tango. Le scalde sursauta en la voyant se matérialiser sous son nez.

– Par le Chaos! jura-t-il. Je mourrai de peur avant de m'habituer à ton cirque!

– Ça y est, je les ai! coupa Raudh en tendant les armes.

– Elles marchent?

– Ça oui. Quand on est allées visiter le musée avec Tigre, le gardien les a fait fonctionner devant nous. C'est ça. Tu glisses le chargeur là, tu armes ici et la détente... Uracan! Fais gaffe! Tu vas tout faire cramer!

A la longue décharge silencieuse avait succédé un trou fumant dans le mur d'en face.

Tango rit de l'expression dépitée de Raudh. Visiblement, la jeune *Rouge* aurait bien aimé être l'auteur du trou.

– Et je suppose que la puissance se règle avec ce curseur, enchaîna-t-il. Très bien, j'en prends une, je te laisse l'autre. Vous risquez d'en avoir besoin aux portes, demain matin. Il y a toujours un garde. Armé. Faites attention. Ils n'hésitent pas à tirer.

– T'inquiète pas, l'artiste. On sait tout ça par cœur. Et je me charge de Sandyx pour qu'elle fasse un carton si le besoin s'en fait sentir.

– Bon. En prime, je vais te refiler une des armes fabriquées par les *Sancous*.

– Pourquoi? Elles ne marchent pas, non? C'est bien pour ça qu'on a piqué les vieilles?

– Certes, mais c'est dissuasif. Tant que vous n'aurez pas à vous en servir, *Verts* et *Noirs* les croiront opérationnelles. Si tout se passe très bien, très vite – on peut rêver –, on a une petite chance.

– Donne toujours. Ça ne peut pas faire de mal.

Tango rit à nouveau, amusé par l'air crâne et sérieux de la gamine. Il fouilla dans son minuscule atelier, dégageant une cache, laquelle semblait vide mais recelait en fait un microlèvre qui, activé, provoqua l'ouverture de la vraie cachette dans un mur de la pièce. Le scalde y préleva l'une des armes-jouets des *Sancous* et la tendit à Raudh.

– Merci, l'artiste. J'y vais, maintenant.

– Attends. Je vais te donner le brouilleur pour les *Verts*.

– Tu l'as? Par la Couleur, montre vite!

Avec un respect religieux, Raudh prit la fiole des mains de Tango. Ses yeux brillaient d'excitation.

– Raconte-moi ce que ça va leur faire.

– Encore! Je te l'ai dit cent fois!

– Trois fois seulement. Et c'est la dernière puisque je leur empoisonne leur eau au prochain lever du soleil.

– Troubles de la personnalité. Destructuration des couleurs et des bruits. Perte des repères visuels. Bref, ça peut procurer des sensations étonnantes à condition de rester au lit. Evidemment, si vos supérieurs vous forcent à vous lever, l'emprise du BR10 est tout à fait perturbante. Quant à passer à l'action, c'est impossible.

– Ils vont en prendre pour leur grade, hein? Ça ne va pas leur être agréable?

– Qu'est-ce que tu es teigneuse! Tout ce qu'on veut, c'est les mettre hors circuit et donc hors de combat, non?

– Alors c'est vrai que ça peut être agréable! Pagaïe! Je me demande si je vais balancer ça dans leur flotte demain matin.

– Allons, ne te fais pas plus gamine que tu ne l'es!

– Et s'ils n'en boivent pas?

– Ils se laveront, au moins. Il faut l'espérer. L'imprégnation marche par voie percutanée. Evidemment, l'idéal serait qu'ils boivent.

– Tout de même, un *Orangé*, c'est vraiment un martien! Avoir l'idée de prendre une drogue de répression pour en faire un instrument de plaisir!

– Pourquoi crois-tu que les prêtres ont abandonné le BR si ce n'est parce que ça n'avait rien d'un châtiment? Il suffisait de rester au lit pour voyager dans un ailleurs improbable. C'était tout bénéfice. Et ceux qui avaient fait l'expérience du brouilleur n'avaient qu'un désir, s'en procurer, quittes à encourir un nouveau jugement. Tu sais, ce n'est pas de gaieté de cœur que nous nous séparons d'une telle quantité de cette drogue. Il faut vraiment que nous ayons confiance dans cette satanée révolution.

– T'inquiète pas. Quand on sera au pouvoir, t'en auras autant que tu voudras, de ton *satané* brouilleur!

– J'espère t'avoir convaincue de la valeur extrême de ce qui dort dans cette bouteille. Et que tu vas y veiller comme à la prunelle de tes yeux.

– Ta prunelle à toi est bien meilleure! Et je ne comprends pas qu'avec un tel nectar, tu éprouves le besoin de t'empoisonner avec ces saloperies chimiques.

– Il faut varier ses plaisirs, ma chère enfant!

– C'est ça. En attendant de goûter avec toi au brouilleur, je file. Sandyx doit être chez Adonis... Et se demander une fois de plus ce que je fabrique.

★

Narcisse glissa les micro-capsules de son eau de toilette préférée, « L'Amie-Nuit », dans l'orgue à parfums et passa sous le diffuseur. Le picotement délicieux des gouttes fraîches hydratant les moindres parcelles de sa peau acheva le travail commencé sous la douche. Malgré l'heure matinale et son sommeil agité, elle se sentait tout à fait réveillée.

Elle enfila la combinaison jaune moutarde dont le manque d'éclat lui donnait l'espoir de passer inaperçue, mais ne put résister à piquer un sanguiflor à la base de son chignon.

Elle allait quitter la cabine de soins pour rejoindre Mauve qui l'attendait, prêt à partir, lorsqu'un brouhaha dans l'antichambre fit courir un frisson glacé sur son dos. Qui pouvait bien venir chez Mauve à six heures du matin?

Elle entendit alors que l'on arrêtait l'urbaniste, puis les protestations véhémentes de celui-ci, puis une question : « Où est la *Jaune*? », puis un cri : « Il ne faut pas qu'elle nous échappe! »

Se maudissant d'avoir perdu de précieuses secondes, elle se rua dans le petit escalier qui conduisait au toit solarium et fila de terrasse en terrasse jusqu'à ce que, privée de souffle, elle s'écroulât au sol, gorge brûlante et pouls désordonné.

Lorsqu'elle eut un peu récupéré, constatant qu'elle n'avait pas de poursuivants, elle choisit une terrasse plus basse. Se laissant glisser le long du mur, au bout de ses bras tendus, elle pria un instant le Chaos pour que l'ombre en contrebas ne fût pas trop traîtresse.

Elle atterrit en souplesse sur une surface plane. Le soulagement de se retrouver indemne lui arracha un soupir. Elle s'accroupit dans l'obscurité propice. Elle tremblait. Tant de pensées contradictoires la traversaient que son esprit lui semblait vide. A force de contrôle, elle parvint à organiser les idées dans sa tête et se calma. Il fallait de toute urgence trouver une cabine de télécom. Mauve n'était pas irremplaçable. Prune également avait accès à l'Ordinateur Central.

Elle avait obtenu sa communication, et l'assurance que tous leurs efforts n'allaient pas être anéantis dans cette impasse l'avait réconfortée.

Elle attendait, recroquevillée dans une encoignure, non loin de l'ombilic de la Ville. Cette attente la torturait. Au sentiment initial de panique avait succédé l'exacerbation de ce complexe de culpabilité qui venait de trouver son aboutissement dans l'arrestation du *Violet*. Horrifiée, Narcisse avait vu quelque chose de trouble se frayer un chemin à travers l'angoisse éprouvée pour l'urbaniste. Une ombre de satisfaction, une trace de soulagement, comme si, sans en avoir conscience, elle avait souhaité être débarrassée de Mauve. Etait-elle orgueilleuse au point de ne pas vouloir partager l'éventualité d'un triomphe? Les faux-semblants de cet amour, pour elle sans objet, étaient-ils insupportables au point de la pousser à sacrifier l'urbaniste?

L'arrivée de Prune l'arracha opportunément à ces pensées fatales. Elle jaillit de son embrasure comme si le bois de la porte la brûlait et se jeta dans les bras de la *Violette*. Celle-ci la serra longtemps sans proférer une seule parole. Mais cette étreinte permit à l'hétaïre de se reprendre. Sa gorge se dénouait. Elle put rompre l'enlacement.

– Ça va mieux. Je te remercie. Ouvre, maintenant. Il faut faire vite. Ils vont me chercher; s'ils réussissent à faire parler Mauve, ils me trouveront.

– Ne t'inquiète pas. Il dispose de trois pilules adaptées à ce genre de circonstances. S'il parvient à les avaler, ils ne pourront rien contre lui. Rien d'autre qu'une danse de mort.

– Pourquoi ne pas m'en avoir donné? Me croit-il si forte que je puisse résister aux drogues des *Noirs*?

– Il ne voulait pas t'effrayer. Et tu n'es pas récidiviste. Tu risques beaucoup moins gros que lui. Mais j'en ai apporté. Vu son arrestation, ça me semble plus sage. De cette façon, tu seras parée à toute éventualité.

– Merci. Si j'avale ton cocktail, ça va me faire quoi?

– Te couper du réel, donc faire échec aux sérums de vérité et autres babioles chimiques à la disposition des Noirauds. Ne t'en sers qu'en toute dernière extrémité, c'est dangereux pour l'organisme.

Prune se détourna, enfonça la clé ronde au centre du serpent enroulé qui décorait la porte, apposa les cinq doigts de sa main gauche réunis en faisceau sur l'huis rond qui pivota, dégorgeant un flot de lumière dans les grisailles de l'aube maussade.

Narcisse hésitait. Elle s'était tellement représenté cette invasion de l'Ordinateur Central en compagnie de Mauve qu'elle trouvait presque indécent d'affronter seule la situation. Cela corroborait trop ses fantasmes de triomphe solitaire. Peut-on devenir un héros à deux? Et dans l'histoire, quel nom primerait sur l'autre sinon celui de l'homme, l'homme encore et toujours, quels que fussent ses mérites?

– Entre vite, l'adjura la *Violette*. Tu vas finir par nous faire repérer.

– Tu ne veux pas venir avec moi?

– Impossible. Je suis la tête du groupe *violet*. Tu sais bien que nous avons évité de diffuser l'information pour juguler les fuites. Sans moi, il leur manquerait des éléments essentiels pour la stratégie d'aujourd'hui.

– Pagaïe! Pourvu que tu ne te fasses pas arrêter!

– Au pire, j'ai un second, capable de prendre la relève. Tout est prévu. Bon, tu ne crois pas que tu as assez tergiversé?

Non sans jeter un regard méchant à Prune que cela ne parut guère affecter, l'hétaïre s'engagea dans l'ombilic.

Elle avait peur. Peur pour la deuxième fois en moins d'une heure. Peur de perdre la vie. C'était une étreinte sourde qu'elle ne parvenait pas à desserrer. Elle revit les pupilles dilatées de Tigre, son visage cendreux sous la teinture. Elle comprenait enfin ce que le *Multi* avait dû endurer, quels trésors d'énergie il lui avait fallu puiser en lui-même pour lutter contre l'instinct de conservation qui lui dictait de fuir.

Jusque-là, Narcisse avait été protégée par sa folle inconscience et son désir de changement. Maintenant qu'elle était confrontée à la réalité, elle souhaitait fuir à son tour. Le danger était là, autour d'elle, comme une impalpable entité. Il changeait la structure de l'air, la perception des bruits, les sensations en provenance d'un environnement ronronnant comme une bête maléfique. Narcisse descendait dans les entrailles de la Ville et tandis qu'elle progressait dans une succession d'ascenseurs, de salles et de couloirs, elle ne pouvait s'empêcher d'imaginer un *Noir* derrière chaque colonne, chaque porte, chaque détour.

Elle parvint pourtant sans encombre jusqu'à la console principale de l'Ordinateur Central et poussa un soupir.

Elle se sentait presque sauvée.

Presque.

Un bruit furtif derrière elle.

Elle n'ose pas se retourner. Elle se trompe. Elle se trompe sûrement. Elle n'a rien entendu. C'était un craquement, un court-circuit, un rat peut-être?

Mais alors pourquoi ne se retourne-t-elle pas?

Elle va se retourner. Il faut qu'elle se retourne.

Lentement, lentement, comme si cette lenteur pouvait avoir un effet positif sur ce qu'elle va trouver derrière elle, tout son corps pivote, d'une seule pièce, comme une poupée de cire sur le socle tournant d'une boîte à musique.

Ils sont là. Trois démons vomis par le Chaos. Trois *Noirs* pour corroborer son intuition et sa peur. Le plus petit arbore une curieuse carnation rosée qui doit être la couleur naturelle de sa peau; un feu pâle consume ses iris délavés. Les autres sont uniformément noirs et, tels quels, bien plus impressionnants. C'est pourtant le plus petit qui prend la parole au bout d'un silence interminable.

– Par ordre du Hiérarque, tu es sous arrestation, hétaïre.

Sa langue a claqué comme s'il venait de savourer un alcool rare. Il fronce le nez. On dirait qu'il flaire des odeurs qu'il est le seul à percevoir. Il ajoute :

– Fouillez-la. Elle doit avoir trois pilules sur elle. Empêchez-la de les avaler.

★

Aussi souples et silencieuses que des caracals, Sandyx et Raudh filaient sur le tapis roulant du corridor désert. Elles avaient troqué leurs socques de *Rouges* contre des espadrilles tressées par les *Sancous* et teint couleur de feuille morte deux coûteuses combinaisons empruntées à Narcisse et ajustées sur elles par les saïs.

En les voyant partir à l'aube, Tigre avait plaisanté sur leur élégance inhabituelle et sur ces formes révélées qui suscitaient sa convoitise. Mais ses railleries étaient affectées. Il était tout autant que les deux filles étreint par l'émotion.

Après force jurons de chance, les trois s'étaient séparés, Raudh pour aller répandre le brouilleur dans les canalisations des *Verts*, Sandyx pour donner les dernières consignes aux leaders des *Rouges*. Tigre avait une heure de répit. Les *Multis* participant à la révolte étaient en petit nombre. Ils ne se joindraient qu'à la dernière minute à ceux des autres castes.

Après avoir rempli leurs missions réciproques, Raudh et Sandyx s'étaient retrouvées au puits de sortie Nord. Elles devaient contrôler l'ouverture des portes et se débarrasser du garde.

Elles atteignirent l'énorme hall d'entrée où s'entassaient ballots et caisses de marchandises. Louvoyant entre tous ces obstacles qui offraient des cachettes faciles, elles parvinrent sans se faire repérer près du poste de garde. Là, Sandyx hésita.

– Vas-y, souffla Raudh. C'est pas le moment de se dégonfler. Si t'es pas capable, je prends la relève.

Haussant les épaules, Sandyx sortit de derrière son abri. Le garde, dans sa guérite de verre qu'elle savait blindée, lui tournait le dos. Elle avança à quatre pattes jusqu'à l'ouverture et se dressa si brusquement devant le *Vert* qu'il fit un bond en l'air en criant de surprise. Ensuite, sur l'injonction muette de la *Rouge* qui le menaçait de son arme, il leva les bras et les croisa derrière sa tête.

Pas longtemps. Son regard s'était attardé un instant sur le pistolet braqué sur lui. Un modèle d'avant le Chaos, pour le moins. Ses yeux étaient ensuite remontés jusqu'au visage encore enfantin qui trahissait les gestes assurés de la *Rouge*.

Le flux de lumière mortel frôla Sandyx. Heureusement, les réflexes de celle-ci étaient plus vifs que ses intentions de tuer. Elle s'était jetée à terre juste à temps.

– Tire, mais tire donc! hurla Raudh.

Le garde braquait à nouveau son radiant sur Sandyx, sûr de son invulnérabilité et de sa victoire, bien qu'il fût dans la trajectoire exacte du tir de son assaillante. Avec une grimace, Sandyx appuya sur la détente. Un hurlement terrible, plus de surprise horrifiée que de douleur, fit contrepoint au bourdonnement de l'arme. Plié sur sa terrible blessure, le *Vert* tenta de gagner la guérite pour donner l'alarme.

Pétrifiée, Sandyx restait sans réactions, l'esprit trop vide pour affronter la situation. Mais Raudh veillait. Elle jaillit de sa cachette comme un démon du Chaos et, se ruant sur l'homme, le fit basculer en arrière, s'assurant enfin d'un grand coup de pied dans le corps inerte qu'il ne bougerait plus.

– Il est mort, constata-t-elle avec satisfaction.

Sandyx se détourna et vomit. Raudh haussa les épaules et ses yeux se durcirent mais elle respecta le malaise de son amie.

– Il vaut mieux que tu me donnes cette arme, dit-elle d'un ton neutre, lorsque Sandyx refit surface.

Sans mot dire, la *Rouge* tendit le pistolet. Raudh le passa à sa ceinture.

– Maintenant, ouvre les portes, reprit-elle. C'est toi le cerveau. On ne peut pas tout être. Moi, je serai ton bras. Je crois que je n'hésiterai pas à tirer. Toi, tu sais comment fonctionnent tous ces boutons. Je serais incapable de les distinguer les uns des autres.

Et comme Sandyx, toujours muette, enjambait le corps foudroyé pour pénétrer dans la cabine de verre :

– On se complète bien, ajouta-t-elle. On fait un sacré tandem toutes les deux.

Puis elle se retourna vers le double portail qui permettait l'entrée des marchandises.

– Ça ne marche pas, gémit Sandyx. Aucun des deux!

– Impossible! Insiste un peu.

– Pagaïe! Tu ne comprends donc pas? Quelque chose a foiré! On est bloquées à l'intérieur!

– Cette Narcisse! Je savais bien qu'il fallait pas lui faire confiance.

– On était bien obligées... Uracan! Qu'est-ce qu'on va faire? Dans moins d'une heure, toutes les femmes seront là. On n'a même plus le temps de les prévenir toutes!

– Tu oublies toujours mon petit talent! maugréa Raudh.

– A moins que... murmura Sandyx dont les yeux perdus dans le vague venaient de s'agrandir sous le choc d'une idée salvatrice. A moins que nous puissions passer par le hangar des machines!

– Adonis?

– C'est ça. Il travaille à l'extérieur. Et logiquement, il démarre dans une demi-heure. Il y a une petite chance qu'on parvienne à bloquer les portes avec son bull. Et ses amis l'aideront. File chez lui. Il est sans doute sur le point de partir.

– Par la Couleur! Quand je le disais que t'étais un cerveau! Il y a même un couloir d'accès qui part de ce hall. Je l'ai pris une fois pour aller récupérer Adonis lorsque sa main avait été écrasée. Tu te souviens? Je me rappelle même comment le garde avait désactivé le champ de protection.

La petite fille pénétra dans la guérite et abaissa un levier banal, à droite de la console. Suivie de Sandyx, elle se dirigea vers l'entrée du corridor et y pénétra sans encombre.

– Ça marche! dit-elle d'un air émerveillé. J'étais sûre que ça ne passait pas par « l'Os ».

L'Os, pour Raudh, c'était l'Ordinateur Central, couramment appelé O.C.

– On ne peut pas tomber deux fois sur un os, ajouta-t-elle.

– Au lieu de ricaner bêtement à d'aussi mauvais jeux de mots, si tu filais? Tu vas finir par rater Adonis!

– Impossible. Où qu'il soit, je te l'amène pieds et poings liés.

– Juste les poings, sinon tu arriveras après la bataille!

Dans un grand rire, Raudh se volatilisa.

★

Avec une sombre satisfaction, Argyre contemplait ses prisonniers. Deux *Multis*, Tigre et Tangara; deux *Violets*, Mauve et Lilas; une *Jaune*, Narcisse. Il n'avait pu descendre plus bas dans son êtêtement des castes. Sa destructuration avait duré trop long-temps. Il avait perdu d'autant plus de terrain que lorsque les « yeux » et les « oreilles » de son obser-vatoire n'étaient pas sabotés, comme chez le scalde Tango, ils étaient le plus souvent trafiqués et lui livraient des enregistrements fantaisistes. Il avait suivi plusieurs fausses pistes avant de comprendre qu'on se moquait de lui. Une colère dévorante l'avait englouti et il s'était juré la perte de tous ceux qui osaient le narguer.

Certains jours, Sélèn faisait partie du groupe à liquider. L'opposition du chorège à l'égard du prê-tre n'avait pas diminué. C'était un mélange d'inertie, de mépris et d'une vague pitié qui brûlait Argyre.

Trois jours plus tôt, obéissant à une sorte de

prémonition, le *Noir* avait persuadé Céruse, un excellent chorège, de se livrer à quelques observations. Le garçon avait accepté malgré sa répugnance pour une tâche aussi peu reluisante. Il s'était pourtant pris au jeu en découvrant l'existence d'une vraie conjuration et la proximité de son aboutissement. En annonçant la veille, d'une voix triomphale, l'échéance imminente de la révolte des femmes, il ne se doutait pas de la tempête qu'il allait déclencher chez Argyre.

De disposer d'un temps si court avait d'abord paniqué le prêtre. Il avait trop peu de renseignements solides. Tentant d'en obtenir par l'intermédiaire des autres observatoires, il avait découvert que les prêtres avaient négligé leurs postes. Ils ne détenaient aucune information valable. D'autant que, tenant les femmes pour quantité négligeable, ils ne centraient leur espionnage que sur les hommes.

Argyre n'aurait pas résisté au sentiment d'urgence qui le consumait sans une rencontre fortuite avec Sélèn. Une petite flamme s'était allumée dans les yeux du garçon tandis qu'il écoutait le prêtre. Cette manifestation d'intérêt dont Argyre ignorait qui, de lui ou des femmes, elle créditait, l'avait décidé à combattre. Ne détenait-il pas l'indication primordiale? L'entrée *le lendemain* des femmes dans la lutte. Et ne savait-il pas comment décapiter la révolte? La prochaine aube verrait l'arrestation des principaux leaders. Et s'il ne pouvait se permettre de toucher à Sandyx de peur de provoquer le déchaînement de Raudh, au fond n'était-ce pas mieux ainsi? N'avait-il pas de tout temps voulu mettre en danger le Hiérarque? C'était l'occasion ou jamais...

Comment aurait-il pu imaginer qu'il devrait affronter une révolte passive? Ignorant la tournure qu'allaient prendre les événements, il avait fait verser triple dose du calmant-euphorisant dans le pétrin des boulangers. Le résultat devait expliquer l'incroyable succès du soulèvement. La drogue avait levé les inhibitions, gommé la peur. Tout un peuple était sorti de la Ville, hilare, comme s'il se rendait à un pique-nique. En ce moment, les conjurés festoyaient dans l'herbe printanière, à proximité des remparts; l'alcool parachevait la détente apportée par la drogue.

Rien que de très anodin, jusque-là, malgré l'assassinat du gardien de la Porte Nord et l'élimination momentanée des *Verts* grâce au brouilleur.

Un tel calme aurait frustré Argyre s'il n'avait pas tenu l'hétaïre en son pouvoir. Malgré des efforts manifestes, la *Jaune* ne parvenait pas à masquer sa peur. Sur sa peau, la teinture avait viré, donnant au visage une couleur cendreuse. Un tic nerveux des paupières recouvrait par saccades ses pupilles dilatées. Elle serrait ses mains entre ses cuisses pour les empêcher de trembler.

Argyre éprouvait une telle sensation de jouissance au spectacle de cette déroute qu'il ne put éviter de s'interroger. Alors, ses propres mains se mirent à trembler car ce n'était pas la conjurée qu'il avait rêvé de réduire à merci mais la maîtresse de Sélèn. Il avait satisfait sa jalousie sans réfléchir aux conséquences virtuelles de son acte. Et maintenant, il tremblait...

★

Le petit prêtre me regarde toujours. Est-ce ma

beauté qui l'attire? Je crois qu'il aimerait bien s'apparier avec moi. Sinon, pourquoi me prodiguerait-il tant d'intérêt? La plupart des *Noirs* méprisent les *Jaunes*. Et il n'y a pas de mépris dans les yeux de celui-là.

Uracan! Ces yeux! Ces yeux aux prunelles étrécies de félin, je m'en souviens. Ce *Noir* s'est interposé entre moi et Sélèn lors de la chorégie de la Cosmogonie.

Par la Couleur! Si l'on pouvait remonter le temps! Je souhaiterais tant retrouver ce moment. Tout semblait si facile...

Le petit prêtre ne se lasse pas de me contempler. Ses joues roses sont marbrées de plaques rouges. Emotion? Désir? Ces yeux brûlants ne révèlent-ils pas plutôt une fascination morbide?

Uracan! S'il continue à me regarder ainsi, je sens que je vais hurler. Peut-être n'attend-il rien d'autre? Je ne tomberai pas dans son piège. Il suffit de détourner les yeux.

Sur Mauve, par exemple. Echoué sur une chaise, un bras pendant au-dessus du dossier comme pour s'y retenir. Ses yeux sont révulsés. Je l'envie. Il est ailleurs, lui. D'accord, il n'est pas beau à voir. Et tant qu'à mourir, autant terminer en beauté, non? Ne dit-on pas d'ailleurs qu'il faut souffrir pour être belle?

Je ne souffre pas encore. J'ai peur, très peur, mais ce n'est pas une vraie souffrance. J'appréhende surtout la douleur physique. Saurai-je y résister? Allons, de toute façon, je leur offrirai un joli spectacle. Le corps de Mauve n'était pas moins harmonieux quand il se tordait sous les coups de l'Aigle.

Ça y est, les *Noirs* commencent à remplir l'hémicycle. Le petit prêtre m'a dit qu'un Synode extraordinaire allait statuer sur notre sort. Ils auraient pu se réunir ailleurs! Avec ses boiseries d'ébène, ses bancs d'obsidienne, ses draperies charbonneuses, cette salle est sinistre au delà du possible.

Tigre a l'air aussi mal en point que moi. C'est drôle, je viens de me rendre compte que nous avons la même posture. Bras croisés sur la poitrine, chacune des mains serrée sous une aisselle. Mimétisme inconscient? Ou a-t-il copié sur moi cette gestuelle protectrice?

Quelle animation chez les vautours! Dois-je en déduire le succès de notre révolte... ou son échec? Et en admettant que toutes les femmes aient réussi à sortir, que vont-elles faire maintenant? Qui va oser prendre ma place?

Il faut que le porte-parole soit une femme. Mais qui? Aucune n'est habituée à la dialectique des *Noirs*. Comment être efficace, en ce cas. Et comment prendre un tel risque sans l'espoir de cette efficacité? Laquelle acceptera de payer pour les autres? Sandyx pourrait être assez folle ou assez inconsciente pour se mettre en avant. Mais son extrême jeunesse lui retire toute crédibilité... Uracan! Ce problème est sans issue!

Des trompettes? Ah! Ce doit être pour le Hiérarque. C'est ça, le voilà qui fait son entrée en scène. Ridicule et pompeux! Je ne pensais pas les *Noirs* aussi protocolaires. Décidément, ils sont plus poussiéreux que leurs tentures.

Sa Majesté s'installe. Trompettes. Le silence se fait. On dirait que ça va être à nous. Par le Chaos! je ne peux plus avaler ma salive. Ce silence! Et tous ces yeux fixés sur moi...

Par exemple! Mais c'est Raudh! Raudh qui vient de faire son apparition en bas de l'hémicycle, juste aux pieds du Hiérarque! Ou presque... Cette gamine a un culot! C'est vrai qu'elle peut se le permettre, elle est insaisissable.

Le Très Haut écarquille des yeux de poisson mort. Ça y est, il s'est repris. Il hurle. Par la Couleur, quelle voix! « Qu'est-ce que c'est que ça? » interroge-t-il en désignant Raudh comme si elle était un grain de poussière incongru sur un plateau de jais poli.

Le silence atteint une qualité digne de figurer dans une anthologie de bruits.

Raudh le coupe d'une voix claire et forte. Petit lutin, quel aplomb!

– Hiérarque, nous réclamons ta destitution et l'élection démocratique d'un vrai gouvernement. Des femmes y siégeront et toutes les castes seront représentées. Nous voulons l'assurance de l'impunité pour les membres de la conjuration. Sans exception. Tu prouveras ta bonne volonté en relaxant tes cinq prisonniers et en leur laissant la liberté de nous rejoindre extra-muros. Ton refus entraînerait une grève des femmes. La grève du travail et des ventres! Réfléchis bien à cela : tu ne pourras nous tuer, ni nous décerveler toutes!

– Par la Couleur! Saisissez-vous d'elle! Qu'attendez-vous! hurle Son Eminence.

Quelques *Noirs* se décident enfin à intervenir. Et hop, Raudh se dématérialise. Vous ne mettrez pas la main sur elle, messeigneurs! Uracan! Où a-t-elle été se percher! Sa silhouette se découpe à contre-jour sur l'appui d'une haute fenêtre. Cela crée un effet saisissant. Ce n'est plus une petite *Rouge* qui reprend la parole, c'est un chorège. Le silence de la salle le signifie clairement.

– Je réclame ton attention, Hiérarque. Et la vôtre à tous. Nous vous accordons trois heures pour statuer et prendre votre décision. Après quoi, nous comptabiliserons chaque minute écoulée en jours de grève. Souvenez-vous bien de cela : trois heures. Ensuite, une minute, un jour...

Terminé. Le porte-parole s'est volatilisé. Dans l'assistance, ça flotte.

Pas de doute, c'était une bonne prestation. Elle a impressionné tout le monde. Même moi. Même si je pense que c'était trop brutal et que notre leader suprême va se braquer.

Tout de même, ça flotte. Quelques bribes des conversations animées me parviennent.

« Après tout, ils n'ont pas tout à fait tort. »

Ils, bien sûr, pas *elles*.

« Ce système autocratique a fait son temps, il n'était valable que pour la reconstruction. »

Réactions de jeunes, surtout. Les autres sont plus réservés. Ils guettent le Hiérarque, du coin des yeux. Celui-ci exhale un long cri de rage.

– Ça suffit. Je ne tolérerai pas ce désordre une minute de plus !

Le silence, encore, mais plus agité. Notre tyran coutumier le savoure avant de reprendre :

– Nous allons leur envoyer les *Verts*. Elles seront bien forcées de rentrer.

Elles, cette fois. La stratégie implique la réduction de la révolte au sexe méprisé. Une voix timide s'élève :

– Ils sont hors service, Votre Eminence.

– Comment, hors service ?

– D'importantes doses de BR 10 ont été versées dans les canalisations de la quatrième strate. L'Ordre tout entier est en proie au brouilleur.

– Nous nous passerons de lui. Il est hors de question de céder au chantage.

– Ne devrions-nous pas gagner du temps ?

– Vous n'allez pas reculer devant quelques malheureuses femelles, tout de même!

– C'est qu'elles sont des milliers. Armées. Et il y a des hommes avec elles!

– Qu'à cela ne tienne! Ils ont choisi de quitter la Ville plutôt que de nous affronter, n'est-ce pas? C'est très aimable à eux. Que l'on ferme le champ de force! Nous allons tout de suite procéder à l'exécution de nos cinq prisonniers. Et si cela ne suffit pas à rendre ces femelles à la raison, elles passeront la nuit dehors. Demain, les *Verts* seront sur pied. Et cette insoumission ridicule se résorbera d'elle-même.

Je suis glacée. Glacée de la tête aux pieds, et à la fois, j'ai l'impression que toute ma chair sous ma peau congelée vient de se liquéfier. Cet homme est un monstre. Cette façon de décider de la vie ou de la mort comme s'il était un dieu. Uracan! Je ne veux pas mourir!

Tiens, le petit prêtre s'avance. Pour nous défendre? Parole! C'est incroyable.

– Il n'en est pas question! lui répond le Hiérarque.

– Epargnez au moins les femmes, supplie le *Noir*.

– Argyre, j'apprécie la grandeur d'âme, mais pas la lâcheté, ni les sentiments de pitié. Les cinq mourront, je ne veux plus en discuter.

Il s'avance vers nous. Sa crinière léonine se dresse autour du visage mafflu où les moustaches frémissent. Par le Chaos! La jubilation de ces yeux porcins!

Il s'arrête devant Mauve. Sa voix tonne. S'il pou-

vait tenir la foudre et les éclairs, il se prendrait
sûrement pour Jupiter!

– Toi qui as encore les marques de la danse de
semonce et qui n'as pas compris la leçon, tu seras le
premier.

Il se tourne vers moi. Mes yeux cillent, incapables
de soutenir ce regard qui me condamne.

– Et toi, privilégiée qui n'a pas su garder ton
rang, tu seras liée avec lui. J'ai cru comprendre qu'il
venait d'être ton compagnon de pariade. Vous for-
merez un beau couple. Violet et jaune sont des
couleurs très assorties. Votre sang finira de les
marier.

Il s'éloigne. J'ai courbé la tête sous le poids des
images qui l'envahissent. Finir en beauté. Quelle
dérision! Pourtant, il faut que je sois forte. Allez, ce
menton, plus haut. Plus haut. Brave-les. Pense que
ce sont des vautours. Ne les laisse pas se repaître de
toi avant l'heure.

Le petit prêtre me regarde toujours. C'est drôle,
je m'attendais à trouver de la pitié dans ses yeux
mais je n'y lis que de la terreur.

La terreur? Mais de quoi? Ce n'est pas lui qui va
mourir, c'est moi! Croit-il à ma délivrance et aux
représailles qui s'ensuivraient? Dans ce cas, quelle
naïveté! Les conjurés n'ont aucun moyen de pénétrer le champ de force. C'est comme s'ils étaient en
prison. Seulement pour eux, la prison, c'est le
monde. Le monde à explorer, à découvrir. Par la
Couleur, repartir en bateau sur la mer, livrer mon
corps aux embruns salins et solaires!

Trouve-t-on du soleil, de l'autre côté? Je n'arrive
pas à l'imaginer. Je me représente plutôt la mort
comme éteignoir de la lumière.

Uracan! Que le Chaos m'emporte et ne me

redonne jamais naissance dans un pays d'ombres et de pluies...

★

La tempête approchait. Des lueurs de cataclysme déchiraient le ciel. Grisé par l'odeur de l'ozone, Sélèn avalait l'air avec avidité. Le processus de dévoration auquel il se livrait sans retenue opérait en lui une transmutation sublime. Mille fissures s'ouvraient dans son corps et son être s'en échappait pour se faire élément au sein des éléments. Alors, éclair, foudre et tonnerre, il s'élançait vers l'horizon bouleversé.

Pourquoi redevenait-il toujours Sélèn? Pourquoi ne pouvait-il demeurer flux, incandescence, empreinte pétrifiée du néant?

Depuis quelque temps, Sélèn s'était mis en quête d'une forme de transcendance. C'était un palliatif à l'arrêt de son espionnage. Il ne voulait pas trahir sa caste. Or, un éclair de conscience lui avait confirmé que s'il continuait à s'immiscer dans la vie de Narcisse, il ne pourrait résister au désir d'embrasser sa cause. C'était le seul moyen de reprendre possession d'elle. Se déclarer prêt à tout sacrifier pour lutter à ses côtés.

Pourtant il ne connaissait aucun des tenants ni des aboutissants de cette lutte. D'être resté centré sur Narcisse l'avait empêché d'en avoir une vision globale. Toutes ses informations étaient demeurées parcellaires. Il n'avait pas réellement menti lorsqu'il avait déclaré devant Argyre, la veille, qu'il ignorait tout des progrès de la conjuration.

Il n'était sûr que de cette volonté féminine de renverser le Hiérarque et de changer le pouvoir.

Mais un pouvoir n'est-il pas toujours Le Pouvoir? A quoi bon en anéantir un pour en créer un autre? Le Hiérarque était avant tout un titre, une charge. Pourquoi donc ce poste fascinait-il tant d'hommes et de femmes? Quelque chose lui échappait radicalement.

Sélèn reporta son attention sur l'animation joyeuse qui faisait tourner les groupes colorés au pied de la Ville. La stratégie des conjurés suscitait en lui de l'admiration et même quelque chose qui ressemblait à du respect. Cette idée de transformer un soulèvement en fête lui semblait le comble de l'intelligence. C'était un détournement total de la violence inhérente à toute révolution.

Sélèn se sentait plein de sympathie pour les innombrables fourmis qui grouillaient autour des murailles. Cette animation brouillonne contrastait de façon agréable avec la campagne tirée au cordeau que parcouraient les méandres de la Silver. Sous le ciel où les nuages s'amoncelaient, la rivière luisait avec l'éclat du plomb. L'océan roulait encore une écume ensoleillée, si bien que l'orage semblait ne menacer que la Ville. C'était étrange, presque magique.

Sélèn était en train de se rendre compte à quel point l'air était lourd et collant lorsqu'un scintillement voila le paysage. Clignant des yeux, il finit par réaliser que l'on venait d'activer le champ de protection.

Mais pourquoi? s'interrogea-t-il. L'orage qui s'annonçait ne justifiait pas une telle dépense d'énergie. Les météostats prévoyaient-ils une vraie tempête?

Non, Sélèn sentait toujours l'approche d'un ouragan. Après réflexion, il conclut à un ordre du

Hiérarque. En empêchant les insurgés de réintégrer l'abri de la Ville, le Très Haut allait les exposer au déchaînement des éléments. Cela suffirait-il à les calmer?

Maintenant que le champ brouillait tout, rester plus longtemps sur la tour ne présentait plus d'intérêt. Frustré de son orage, Sélèn décida de retrouver Argyre. Ses réactions à l'insurrection devaient être tout à fait édifiantes.

★

Attachés dos à dos, Narcisse et Mauve se tordaient sous les coups de l'Aigle. Tigre avait détourné les yeux depuis longtemps. Sa terreur de mourir avait fait place à un état second. Réfugié dans un cocon factice, il tenait à un autre lui-même des discours futiles. Il en était à confier à son alter ego à quel point il trouvait scandaleux de mourir en laissant aux Noirauds le reste du rak-clac lorsqu'un remous dans l'assistance lui fit relever la tête.

Le corps ensanglanté de Narcisse pendait, inerte, au bout de ses liens. Celui de Mauve, dont le sang s'épanchait encore par longues saccades, était agité par les derniers soubresauts de l'agonie.

Il ne restait plus rien en Tigre qu'il pût encore vomir. Un peu de bile moussa cependant sur sa bouche. Si seulement il avait pu parler, dire sa haine et son mépris! Mais on avait paralysé sa langue.

Au moment où, dans un cri muet, ses lèvres articulaient « Narcisse », quelqu'un hurla le nom de l'hétaïre.

Inhumaine, la clameur rebondit sur les murs des loges comme si elle devait ne jamais prendre fin, comme si elle provenait d'une entité douée d'ubiquité.

Un chorège venait d'apparaître à côté des corps torturés de Narcisse et de Mauve. Tigre le reconnut à sa tête difforme au-dessus du corps maigre.

– Sélèn! confirma le Hiérarque d'une voix vociférante. Nous te prions de rester à ta place!

Sans tenir compte de l'injonction du *Noir*, Sélèn déliait Narcisse. Avec une douceur infinie, il allongea la suppliciée sur le sol et tenta de la ranimer. Tigre savait la vanité de ces efforts. L'hétaïre était retournée au Chaos dont elle était issue.

Déchiré par l'évidence, Sélèn se redressa. Son cou ne semblait plus pouvoir supporter le poids de sa tête qui pendait en avant. Des larmes sillonnaient son visage; le sang de Narcisse maculait sa robe.

Il pivota sur lui-même pour faire face au Hiérarque qui s'était tu, dépassé par une telle manifestation de douleur. Sur la place, le silence était absolu.

Alors, Sélèn releva sa tête difforme et se mit à hurler :

– J'EN APPELLE À LA VILLE!

Le *Noir* que l'on appelait Argyre avait fait quelques pas en avant, les mains tendues devant lui dans un geste de supplication. Il pleurait. Le cri de Sélèn se transforma en un grondement tellurique.

★

– Tigre avait raison quand il parlait de notre révolution de pacotille, sanglotait Sandyx. Il fallait attendre au lieu de foncer comme des aveugles. Parler à tous, les préparer...

– Ce qui est fait est fait, coupa Raudh d'une voix dure. Au lieu d'épiloguer, occupe-toi donc de Prune.

Il faut tailler de nouvelles bandes, les autres sont trempées. Elles dégoulinent de sang.

Sandyx lança un regard accablé à la *Violette* et se mit à découper les morceaux de tissu prélevés sur les tuniques et les combinaisons des membres de leur groupe. Ce travail était trop mécanique pour lui permettre de s'isoler des cris, des gémissements, des appels affolés qui témoignaient de la façon dont les événements avaient dégénéré.

Pourtant, leur plan avait réussi au delà de toute espérance. Trop bien, sans doute, puisqu'une masse tout à fait imprévue d'hommes et de femmes avait rejoint leurs rangs.

Le rassemblement s'était effectué dans une atmosphère de liesse, les castes se mélangeaient, les gens riaient, dansaient, moins enivrés d'alcool que de leur sensation de liberté. L'orage menaçait déjà mais nul ne s'en souciait. Les portes de la Ville n'étaient-elles pas grandes ouvertes?

Personne n'avait prévu que le Hiérarque aurait l'idée, pourtant logique, de les emprisonner *à l'extérieur.*

La fermeture du bouclier d'énergie avait provoqué une incroyable ruée vers la masse scintillante et floue de la Ville. La plupart des insurgés auraient rampé aux pieds des *Noirs* s'ils avaient pu, ainsi, regagner la sécurité de la gigantesque matrice qui régissait leurs vies. Certains trépignaient, sanglotaient, se roulaient en boule au plus près du champ répulsif. Les ongles en sang, d'autres griffaient le sol dans l'espoir insensé qu'un tunnel leur permettrait de vaincre sous la barrière...

Passé le premier moment de panique, une partie de la foule s'était repliée en arrière. Une très petite partie, composée d'une majorité de femmes et des quelques hommes qui avaient élaboré la conjuration avec elles. Tant bien que mal, ce clan-là acceptait les conséquences de sa rébellion.

Mais dans l'autre groupe, la foule s'agitait, grondait, se rassemblait par castes, pendant qu'au-dessus d'elle, les nuages resserraient leur étreinte. Le premier coup de tonnerre déchaîna des passions centenaires. Les *Rouges* s'en prirent aux *Bleus*, tandis qu'un petit groupe de *Multis* menacés par des *Bruns* prenaient peur et commettaient l'erreur de sortir les armes que, privilège de caste, ils avaient droit de porter. Une rixe effroyable s'ensuivit.

En essayant d'intervenir, contre l'avis de Tango, les *Violets* ne s'étaient pas seulement fait massacrer, ils avaient attiré sur le clan des vrais conjurés la colère meurtrière d'une foule en quête de boucs émissaires.

Sandyx eut un frisson rétrospectif. Sans le sang-froid de Raudh, aucun d'eux n'aurait survécu. En se transformant en un tourbillon opaque et traversé d'éclairs, la petite chorège savait qu'elle interposerait entre ses amis et leurs poursuivants un écran efficace. Sa manœuvre avait d'autant mieux réussi que l'orage venait d'éclater. Retrouvant la terreur que l'ivresse du meurtre leur avait quelque temps masquée, les forcenés avaient reflué vers la Ville. Leur vague s'était brisée sur le champ de force.

– Nous voulons rentrer! LAISSEZ-NOUS RENTRER! hurlaient des milliers de bouches dans un leitmotiv affolé.

La foudre frappait alentour dans un fracas de tonnerre. L'air se chargeait d'une odeur âcre. Le vent soufflait de plus en plus fort. Une pluie épaisse se mit à tomber, délayant les flaques de sang, délavant les blessures, gorgeant la terre d'une mousse rosâtre.

Alors, de nouveaux cris, des cris d'horreur, dominèrent le tumulte des éléments. Dissimulés par l'opacité de l'eau diluvienne, les *Sancous* s'étaient approchés pour détrousser les cadavres. Ils avaient l'habitude des pires ouragans, l'orage ne les effrayait pas. Et devant l'échec manifeste de l'insurrection, ils avaient dû décider qu'il était temps de se dédommager de l'aide prodiguée aux conjurés.

La tempête s'était calmée d'un seul coup, révélant aux regards, livrant à la vindicte de tous, ces sous-hommes, ces sans-castes, ces moins-que-rien décolorés par le Hiérarque. Par le Chaos, il fallait purger la Ville de cette ordure!

Non contents de tuer les voleurs indélicats qui avaient osé profaner leurs morts, les auteurs du premier carnage procédèrent au nettoyage sanglant des taudis.

Horrifiés, les dissidents s'étaient encore éloignés de la Ville. Mais maintenant, Sandyx en était sûre, leur tour allait venir. Combien de temps Raudh réussirait-elle à les protéger?

Elle découpa le dernier morceau de tissu et, réunissant ces bandes improvisées, elle se leva et s'approcha de Prune. La *Violette* était inconsciente; Sandyx s'en félicita. Aidée par Za'farân, elle défit les lanières d'étoffe qui avaient été enroulées autour du ventre de l'urbaniste. Elle prenait garde de respirer par la bouche pour éviter de vomir car l'odeur exhalée par la blessure était insupportable. Le visage contracté, les mains tremblantes, elle enleva la dernière compresse et se hâta d'en déposer une autre pour cacher la plaie béante.

Elle était allée au bout de ses forces. Prise de malaise, elle dut s'écarter, laissant à Za'farân le soin de terminer le bandage. S'écartant du groupe, elle aspira avec avidité l'air rafraîchi par l'orage, ferma les yeux, frissonna lorsqu'une main se posa sur son épaule.

– Il ne faut pas te sentir coupable, dit la voix posée de Tango. Personne n'aurait pu prévoir ce qui s'est passé. Pas plus toi que moi. Pas même le Hiérarque lorsqu'il a ordonné la fermeture du champ. Ce gâchis, c'est la Ville qui en est responsable. La Ville et son système de strates et de couleurs. La Ville et son cocon, et sa surprotection, et sa folle volonté d'ordre imposée par les *Noirs*...

Raudh poussa un cri d'alerte perçant, interrompant le scalde. Sandyx sursauta et se mordit les lèvres, persuadée que l'heure de combattre était venue.

– J'ai peur, j'ai peur, gémit Marine.

– Par le Chaos! Cesse de te lamenter! grogna le compagnon de la *Bleue* sur un ton excédé.

– Taisez-vous! Mais taisez-vous donc! hurla Raudh.

Faisant silence, la petite assemblée entendit alors un grondement, le grondement effrayant qui précède un séisme, et ce grondement ne cessait pas, et la terre n'était pas pour autant parcourue de secousses.

– Il se passe quelque chose dans la Ville! affirma Raudh.

Comme pour confirmer ses dires, l'écran flou qui s'étendait à perte de vue devant leurs yeux se fractura en milliards de paillettes irisées. L'atmosphère redevint claire et la Ville apparut, nette, malgré la pluie qui recommençait à tomber.

★

Il pleuvait sur la Ville. Une petite pluie fine, drue. Le champ de force venait de sauter. Le son invraisemblable exhalé par Sélèn et répercuté par la Ville mourut, comme s'il avait atteint son but.

— Je te décolore! hurla le Hiérarque qui s'était levé de son siège mais n'osait s'approcher du chorège.

— Trop tard, trop tard, intervint Argyre, le visage convulsé de terreur. Vous ne pourrez plus l'arrêter, maintenant. Je vous avais dit de ne pas sacrifier la fille.

— Saisissez-vous de lui! ordonna le *Noir* au coryphée et aux *Blancs* qui l'entouraient. Il n'est jamais trop tard quand on a le pouvoir.

Mais il n'y avait pas un *Blanc* qui ne connût les pouvoirs du chorège. Aucun d'eux ne bougea.

Sélèn tendait ses bras écartés vers le ciel. Il se mit à psalmodier d'une voix de plus en plus puissante :

— Je suis fils de la Ville et du Chaos! JE SUIS FILS DE LA VILLE ET DU CHAOS! JE SUIS FILS DE LA VILLE ET DU CHAOS!

Transformé en statue liquide, ses bras tendus pour son imprécation, Sélèn fixait le maître des castes.

Tigre, dont le regard courait de l'un à l'autre, ne put retenir un frisson. Les yeux du chorège étaient deux globes blancs, révulsés, inhumains. Le Hiérarque ouvrit et referma la bouche, tel un poisson à l'agonie, et se figea, la lippe entrebâillée. On eût dit qu'il avait rencontré la Gorgone. Il semblait devenu minéral. Seuls ses yeux affolés demeuraient vivants dans son visage de craie.

Autour de lui, son entourage, paralysé, avait subi le même sort.

Sélèn pivota d'un quart de tour, et tous les spectateurs qu'embrassait son regard aveugle, tous, sans exception, s'immobilisèrent.

Au dernier quart de tour, les gens qui essayaient de fuir furent pétrifiés dans des positions impossibles.

Terrorisés, Tigre, Tangara et Lilas échangeaient des coups d'œil éperdus, s'attendant d'un instant à l'autre à sentir leur sang se coaguler... Mais lorsqu'il s'arrêta sur eux, le regard du chorège était bleu, étrangement brillant mais humain.

Un instant plus tard, les trois prisonniers pouvaient étendre bras et jambes. Leurs liens s'étaient évanouis. Abasourdis, ils s'étreignirent en pleurant de soulagement.

Au centre de la place, Sélèn tournait avec lenteur sur un axe invisible. Ses mains pendaient au bout de ses bras écartés. Son corps tanguait dans un mouvement de balancier et cette oscillation engendrait une sensation de malaise confinant au vertige. L'énorme tête était renversée en arrière, les yeux à nouveau fixes, exorbités. De la bouche s'exhalait un son, un son plastique comme de la glaise humide entre les mains, un son concret, lourd, poisseux, la glu d'un son...

Et quand tout l'espace fut plein de ce cri élastique et tangible, Sélèn tournant toujours avec ces gestes lancinants qui lui conféraient une dimension funèbre, les hommes et les femmes de pierre aux yeux terrifiés et vivants, ces jouisseurs de supplices transformés en statues, tous, commencèrent à bouger, bloc à bloc, repoussés vers les murs de la place par la colère du chorège.

Le forum de justice était rond. Ceux qui s'étaient trouvés le plus près de ses murailles aveugles s'y incrustèrent en premier.

Lorsque la maçonnerie fut saturée à hauteur d'yeux, Sélèn téléporta les corps dont les pieds vinrent s'appuyer sur les épaules des précédents encastrés.

Il continua ainsi, rangée après rangée, jusqu'à ce que la place fût vide, à l'exception des trois ex-condamnés.

Alors sa voix décrut jusqu'au murmure et sa danse s'arrêta. Dans un mouvement lent, majestueux, l'arc que dessinait son corps cambré vers l'arrière se déroula vers l'avant et Sélèn s'agenouilla auprès de l'hétaïre dont la pluie avait lavé le sang. Doucement, comme s'il craignait d'aviver ses blessures, il la souleva dans ses bras, l'étreignit, pivota sur lui-même comme pour bien lui montrer à quel point il l'avait vengée.

Les murs avaient perdu la couleur verte de l'Ordre. Ils étaient désormais couverts de fresques polychromes. La richesse infinie de leurs teintes, l'extrême finesse de leurs traits créaient une esthétique troublante. Ce trouble s'exagérait dès que la contemplation s'attardait, révélant un frémissement des pierres.

Les murs étaient vivants, leurs hôtes à jamais prisonniers d'une geôle minérale.

Lilas pleurait, ses mains ajoutant un écran supplémentaire à celui des paupières. Tangara qui tentait de la consoler s'était détourné de la scène. Mais Tigre, fasciné, ne pouvait détacher ses yeux du couple morbide qui tournait au milieu du forum. Ce fut ainsi qu'il le vit disparaître comme s'évanouit une fumée.

Alors seulement, il se mit à trembler, car tous ses

sens lui dictaient qu'il venait de contempler un spectacle interdit. Un spectacle horrible et magnifique où le Chaos, s'incarnant en Sélèn, s'était mis en scène en personne.

★

Raudh s'était matérialisée près d'une entrée du forum de justice.

En découvrant une place déserte là où elle avait cru trouver une foule, elle fit quelques pas en avant, hésita, virevolta, secoua la tête d'un air incrédule. Sans parvenir à détacher ses yeux des murs, elle rejoignit les deux *Multis* et la *Violette*.

– Par le Chaos! souffla-t-elle enfin. C'est un chorège qui a fait ça, non?

– Exact, lui confirma Tigre. J'espère que tu n'es pas capable de te livrer à ce genre de fantaisies.

– Il faut une motivation très puissante, vraiment très, très puissante!

– Eh bien, je retiens la leçon. Je me garderai de toucher à un seul des cheveux de Sandyx!

– Ce sont des gens qu'il a enfermés là, non? Des gens de la Ville... et de toutes les castes!

– Comme tu vois. Le *Noir*, là, sur ce mur, c'est le Hiérarque. Et ceux qui sont incrustés tout autour, ce sont ses âmes damnées.

Raudh se mit à gambader en laissant exploser sa joie.

– Hourrah! cria-t-elle. Hourrah! Les charognards sont tous là.

Elle s'étouffa et se mit à hoqueter. Tigre lui tapota le dos en riant. Depuis qu'elle était arrivée, semant autour d'elle les graines de sa folle inconscience, il se sentait beaucoup mieux. Elle éloignait ce spectre mortel qui était passé près de lui à le frôler.

– Pagaïe! rugit la petite *Rouge*, la voix encore enrouée. Il ne faut pas rester là. J'étais venue prévenir tout le monde. Ils vont arriver!

– Qui ça, *ils*?

– Les dingues. Ceux qui sont sortis ce matin en croyant qu'ils se rendaient à un pique-nique. Quand l'autre fou – le Chaos ronge son âme – a fermé le champ, ces cinglés se sont entretués de terreur. On a bien failli tous y passer. Et maintenant, ils rappliquent. Comme personne ne les a arrêtés en bas, ils se croient tout-puissants. Ils ont décidé de régler leur compte aux *Verts*... comme hors-d'œuvre avant de monter en découdre aux dernières strates. Uracan! Je crois que je les entends. Filez par le vertiligne, c'est votre seule chance. Vite! On se retrouve chez Tigre.

Pendant que les deux *Multis* se hâtaient vers l'issue, entraînant l'urbaniste, Raudh se dématérialisa et réapparut aux portes de la Ville, où l'attendait le clan des dissidents.

– Alors? interrogea Tango. Que se passe-t-il à l'intérieur?

– Triomphe sur toute la ligne, ricana la petite *Rouge*. Un chorège a travaillé pour nous. Les *Noirs* sont liquidés, et les *Verts* ne vont pas tarder à l'être grâce à nos compagnons de pique-nique.

– Oh non! gémit Sandyx. Ils ne vont tout de même pas tuer des gens incapables de se défendre!

– Que si! Tu peux leur faire confiance!

– Uracan! Il faut intervenir!

– Si tu tiens à subir le sort de Prune, libre à toi. Au point où ils en sont, seuls les Noirauds auraient eu assez d'autorité pour les arrêter. Et encore... rien n'est moins sûr!

214

– Sandyx a raison. On ne peut pas se croiser les bras, intervint un *Bleu*. En ne bougeant pas, c'est comme si nous étions leurs complices. Après tout, c'est nous qui avons déclenché ça. Je ne tiens pas à me sentir responsable de l'extermination des *Verts*.

– Tu as peur de faire des cauchemars? se moqua Raudh. Vous êtes formidables, tous. Combien de fois avez-vous juré contre l'Ordre, juré de le réduire en miettes, juré de le rendre au Chaos?

– Quelle mauvaise foi! s'exclama le marchand. L'Ordre et les *Verts*, ce n'est pas pareil, quand même! Nous avons souhaité la destruction de l'Ordre, c'est vrai, mais par d'autres voies que la tuerie de ses représentants.

– Ah bon? Ce n'est pas mon avis. Il est vrai que j'ai rêvé des milliers de fois de rôtir un *Vert* à petit feu, à tout petit feu...

– Ça suffit, vous deux! coupa Tango. Raudh a raison. Je n'approuve pas son cynisme mais il faut être réaliste. Nous sommes trop peu nombreux pour nous opposer à ces fous. Nous avons besoin d'armes. Nous allons donc faire ce que nous avions prévu tout à l'heure. Sandyx vient avec moi. Elle saura comment convaincre Tigre. Raudh nous servira d'éclaireur. Avec elle, nous courrons le moindre risque. Le reste du groupe attend à l'extérieur. Tant que nous ne sommes pas armés, rentrer dans la Ville serait un suicide. J'espère que tout le monde en est bien conscient.

Un silence accablé accueillit ces paroles. Le scalde hocha la tête et, sans rien ajouter, il poussa Sandyx et Raudh vers la Porte Nord, toujours bloquée par les machines. L'entrepôt, le tube qui sillonnait l'entresol de la cité, et même l'énorme puits antigrav qui desservait les strates, tous ces lieux désertés faisaient naître un sentiment oppressant d'abandon.

En retrouvant Tigre, Sandyx, à bout de nerfs, fondit en larmes.

– Des armes, grogna Raudh pour couper court aux effusions du *Multi* qui serrait l'adolescente entre ses bras. Il faut trouver des armes. On pleurera plus tard. Les cinglés peuvent arriver d'une minute à l'autre.

– Et des médicaments, ajouta Tango. Il y a des blessés, en bas. Trois dans un état grave.

– Et prévenir ceux qui se trouvent encore à cet étage, renchérit Sandyx en s'essuyant les yeux. Ils ont intérêt à filer en vitesse et à rejoindre les nôtres, extra-muros. Et, j'y pense, il faudrait évacuer les saïs. Rien ne prouve qu'ils seraient épargnés.

– Aucune chance! appuya Tango. Les saïs sont le symbole vivant des privilèges de votre caste. Rassemblez-les en vitesse.

Pour être la proie du Chaos, la Ville n'en fonctionnait pas moins comme à l'accoutumée. Grâce au télécom, Tigre put alerter les *Multis* et les *Violets* qui ne s'étaient pas joints aux insurgés, pas plus qu'ils n'étaient descendus assister à la danse de justice. C'étaient les seuls survivants de leurs castes. Ils étaient moins d'une centaine.

Au moment de quitter sa demeure, Tigre hésita et revint dans sa chambre. Il commençait à remplir un sac des figurines animées qu'il préférait lorsque Sandyx fit irruption dans la pièce.

– Qu'est-ce que tu fais? s'étonna-t-elle. Mais tu es fou! Pagaïe, tu es complètement fou!

– Mes sculptures de leurre, se lamenta le *Multi*, je ne peux pas les laisser là! Ces sauvages vont tout piller, tout casser...

– Tu ne vas pas te faire trancher la gorge pour ces babioles, tout de même, hurla l'adolescente, d'une voix que la peur rendait hystérique.

Agrippant la tunique du *Multi* avec une force que celui-ci ne lui aurait jamais soupçonnée, elle le tira vers la porte. Les autres étaient déjà loin.

Enfin conscient de la situation, Tigre hâta le pas, escorté par ses saïs qui l'avaient attendu.

Le vertiligne et le toboggan qui desservaient la base ne pouvaient absorber la masse des fugitifs. Ils avaient donc décidé de se regrouper sur la place la plus proche du puits antigrav. Ils attendraient là d'être assez nombreux pour affronter le risque d'une mauvaise rencontre. Le brouhaha inquiet de leur assemblée fut soudain couvert par une voix perçante.

– Ils sont là! hurlait-elle.

Raudh venait de se matérialiser près de Tigre.

– Ils sont là, répéta-t-elle. Vous avez trop tardé. Ils vont être durs à repousser. Nous avons quelques armes mais rien en comparaison de celles qu'ils ont volées aux *Verts*.

– Alors, il faut filer! cria un *Violet* saisi de panique.

Et faisant volte-face, il se mit à courir. Une dizaine de *Multis* suivirent aussitôt son exemple, ignorant les mises en garde de Raudh. Une partie des envahisseurs avait déjà investi la strate et en bloquait toutes les issues.

– Restez groupés! ordonna Tango d'une voix

calme. Nous allons essayer de parlementer. Après, il sera toujours temps de se battre.

Ils n'eurent pas besoin de se battre. Ni même de parlementer. Les saïs, dont les habitants de Ville 1 estimaient pour la première fois le nombre impressionnant, avaient formé de leurs corps une double barrière autour des assiégés. Et lorsque les meurtriers des *Verts* entrèrent sur la place, ils se trouvèrent confrontés à un cercle d'humanoïdes au pelage hérissé.

Ce cercle eût-il été armé, les forcenés n'auraient pas hésité à tirer. Mais les saïs n'avaient pas d'armes. Face aux radiants des agresseurs, ils semblaient n'avoir rien d'autre à opposer que leur système de défense passive... et leur calme. Un calme tout à fait déroutant.

Une, deux, trois, quatre injures fusèrent. Sous-hommes, graines de *Multis*, porcs-épics, ouistitis... tout cela manquait singulièrement de conviction.

Sandyx à qui la haute stature des saïs masquait la scène s'aperçut que, de part et d'autre du cercle de leurs protecteurs, la tension faisait place à la sérénité. Elle-même n'était-elle pas envahie par le sentiment d'une paix infinie ? Qu'il était doux de se laisser glisser dans l'océan de brume où toute émotion s'anesthésie.

A l'instant du naufrage, Sandyx reconnut l'état dans lequel elle se trouvait. Elle avait éprouvé les mêmes sensations entre les bras d'un saï au cours de sa fausse couche.

Elle mobilisa sa volonté défaillante pour lutter contre ce processus de domination mentale. Vaincue, elle perdit conscience en frissonnant.

★

L'Ordre et l'Harmonie avaient retrouvé leur empire. Rien pourtant ne serait plus comme avant.

Lorsqu'ils étaient sortis de leur transe hypnotique, les survivants apaisés avaient réalisé que le massacre avait privé Ville 1 de tous ses techniciens. Enfin, c'est ce qu'ils s'étaient imaginé tout d'abord... avant de s'apercevoir que les saïs avaient effectué la relève. L'esclavage des humanoïdes avait pris fin. Ils contrôlaient les postes de commande de la Ville parce qu'ils étaient désormais les seuls à savoir comment tout fonctionnait.

David Saï avait atteint son but posthume. Ses créatures pouvaient sortir de l'ombre où la prudence les avait jusque-là confinées.

Allongé sur le blob, Tigre s'apprêtait à savourer avec une capsule de rak-clac ce qu'il appelait la victoire.

Les sourcils froncés, Sandyx arpentait la pièce. Sur son visage, la teinture rouge s'estompait par plaques et cette irrégularité conférait à sa peau un aspect maladif.

– Pagaïe! Si tu ne cesses pas de tourner en rond, je vais finir par avoir mal au cœur, protesta Tigre.

– Tu t'éviterais ce genre de problèmes en cessant de boire, rétorqua l'adolescente d'une voix acide.

– Allons, tu ne vas pas jouer les rabat-joie, tout de même.

– Parce que toi, bien sûr, ces massacres t'ont mis en joie! On voit bien que tu n'y as pas assisté.

– Essaie de ne plus y penser, de faire le vide, de te calmer...

– Ah non! Tu ne vas pas te mettre à parler comme un saï!

– Ton agressivité passe les bornes! Je ne vois pas en quoi le fait de demander du calme m'assimile à un saï.

– Tango a raison, s'exaspéra Sandyx. Ici, il y aura toujours des gens en haut et des gens en bas.

– Si toutefois tu me l'accordes, je ferai un simple constat. Il n'y a plus de castes. Et si des *Rouges* veulent s'installer à cet étage, il y a de la place. Peux-tu me dire ce qui les en empêche? Leur éducation, sans doute? Ils se sont pourtant livrés à des transgressions bien plus graves.

– Ce n'est pas pareil. Ils n'étaient pas dans leur état normal. Contre la Ville, ils ne peuvent rien. Ils ne seront jamais libres. La Ville représente la hiérarchie. Elle *est* la hiérarchie. Il faut la faire sauter si nous ne voulons pas voir les castes se reformer.

– Je ne crois pas que cela puisse arriver. Il faut laisser aux saïs le temps de créer de nouvelles structures. Tout ira bien. Tu peux leur faire confiance.

– Et si c'étaient eux?

– Quoi, « eux »?

– Les saïs. S'ils avaient tout manigancé?

– Tu es folle!

– Un bon moyen de se débarrasser de leurs maîtres et prendre le pouvoir...

– Tu oublies qu'ils nous ont protégés.

– Bien tard! Pouvaient-ils ignorer ce qui se passait? Pourquoi ne sont-ils pas intervenus plus tôt?

– Franchement, je ne comprends pas ce que tu leur reproches. S'ils étaient...

– Chhhht, souffla Sandyx.

La porte coulissait, dévoilant le saï resté fidèle à Tigre qui poussait une table chargée de friandises. Il l'approcha du couple, plongea ses yeux énigmatiques dans ceux de son amant, s'y attarda un moment, se retira enfin, sans avoir dit un mot.

L'arrière-petit-fils de David Saï frémit.

Elle existait enfin, la nouvelle race... Et maintenant, comment allait-elle prendre son essor?

Science-Fiction

En 1970, J'ai lu crée la première collection de poche de Science-Fiction, mettant à la portée d'un très vaste public des chefs-d'œuvre méconnus.

Aujourd'hui, J'ai lu révèle les nouveaux talents, qui seront les maîtres de demain : James Blaylock, David Brin, K. W. Jeter, Loïs McMaster Bujold, Paul Preuss, Tim Powers, Michael Swanwick...

ANDERSON Poul
La reine de l'air et des ténèbres
1268/3

Sur la planète Roland, loin de la Terre, la population se divise en deux groupes hétérogènes. Les scientifiques habitent des cités modernes, sur la côte, tandis qu'à l'intérieur des terres, des paysans superstitieux croient encore à la toute-puissance de la reine de l'Air et des Ténèbres et aux monstres voleurs d'enfants.

La patrouille du temps
1409/3

APRIL Jean-Pierre
Berlin-Bangkok
3419/4 Inédit

A Bangkok, la Babel du XXIᵉ siècle, un scientifique allemand en mal d'épouse se fait piéger dans un gigantesque complot.

ASIMOV Isaac
Isaac Asimov (1920-1992)
Auteur majeur de la S-F américaine, Isaac Asimov est né en Russie. Naturalisé américain, il fait des études de chimie et de biologie, tout en écrivant des romans et des nouvelles qui deviendront des best-sellers. Avec les robots, il trouve son principal thème d'inspiration.

Les cavernes d'acier
404/4

Les cavernes d'acier sont les villes souterraines du futur, peuplées d'humains qui n'ont jamais vu le soleil. Dans cet univers infernal, un homme et un robot s'affrontent.

Les robots
453/3
Face aux feux du soleil
468/3

Sur la lointaine planète Solaria, les hommes n'acceptent plus de se rencontrer mais se «visionnent» par écran interposé. Dans ces conditions, comment un meurtre a-t-il pu être commis ?

Tyrann
484/3
Un défilé de robots
542/3
Cailloux dans le ciel
552/3
La voie martienne
870/3
Les robots de l'aube
1602/3 & 1603/3
Le voyage fantastique
1635/3
Les robots et l'empire
1996/4 & 1997/4
Espace vital
2055/3
Asimov parallèle
2277/4 Inédit

La cité des robots
- La cité des robots
2573/6 Inédit
- Cyborg
2875/6
- Refuge
2975/6
Robots et extra-terrestres
- Le renégat
3094/6 Inédit

Une nouvelle grande série sous la direction du créateur de l'univers des robots. Naufragé dans un monde sauvage peuplé de créatures-loups, Derec affronte un robot rebelle.

- L'intrus
3185/6 Inédit

Deuxième volet d'une série passionnante, par deux jeunes talents de la S-F parrainés par Asimov.

- Humanité
3290/6 Inédit
Robots temporels
- L'âge des dinosaures
3473/6 Inédit
La trilogie de Caliban
- Le robot de Caliban
3503/6
- Inferno
3799/6 Inédit (Novembre 94)

L'application des Nouvelles Lois de la robotique met en péril la sécurité des humains sur Inferno. L'avenir de la planète va se trouver compromis par un crime autrefois impensable.

AYERDHAL
L'histrion
3526/6 Inédit
Balade choréiale
3731/5 Inédit (Juillet 94)

Sur une planète lointaine, une terrienne et une non-humaine s'affrontent ou font alliance, en fonction des détours d'une politique subtile.

Sexomorphoses
3821/4 Inédit (Novembre 94)

Science-Fiction

BLAYLOCK JAMES
Homunculus
3052/4

BLISH JAMES
Semailles humaines
752/3

BRIN DAVID
Marée stellaire
1981/5 Inédit
Le facteur
2261/5 Inédit
Elévation
2552/5 & 2553/5

Lorsque les Galactiques décident de donner une leçon aux trop ambitieux humains, Robert Oneagle et Athaclena, la mutante, s'enfoncent dans la forêt pour préparer la contre-attaque.

CANAL RICHARD
Swap-Swap
2836/3 Inédit
Ombres blanches
3455/4 Inédit
Aube noire
3669/5

CARD ORSON SCOTT
Abyss
2657/4
La stratégie "Ender"
3781/5 (Octobre 94)

CHERRYH C.J.
Hestia
1183/3
Les adieux du soleil
1354/3
Chanur
1475/4 Inédit
L'épopée de Chanur
2104/4 Inédit
La vengeance de Chanur
2289/4 Inédit
Le retour de Chanur
2609/7 Inédit
L'héritage de Chanur
3648/8 Inédit

La pierre de rêve
1738/3
L'œuf du coucou
2307/3
Cyteen
2935/6 & 2936/6 Inédit
Forteresse des étoiles
3330/7
Temps fort
3417/7 Inédit
Les feux d'Azeroth
3800/4 Inédit (Novembre 94)

CLARKE ARTHUR C.
Né en 1917 en Angleterre, Arthur C. Clarke vit depuis de nombreuses années à Ceylan. Cet ancien président de l'Association interplanétaire anglaise, également membre distingué de l'Académie astronautique, a écrit une cinquantaine d'ouvrages, dont certains sont devenus des classiques de la Science-Fiction.

2001 : l'odyssée de l'espace
349/2
Quelque part, du côté d'un satellite de Saturne, une source inconnue émet des radiations d'une extraordinaire puissance. Une mission secrète va entraîner Explorateur I et son équipage aux confins du cosmos, leur permettant de percer le mystère des origines de la vie.

2010 : odyssée deux
1721/4
2061 : odyssée trois
3075/3
Les enfants d'Icare
799/3
Avant l'Eden
830/4
Terre, planète impériale
904/4
L'étoile
966/3
Rendez-vous avec Rama
1047/3

Rama II
3204/7 Inédit (avec Gentry Lee)
Les jardins de Rama
3619/6 Inédit (avec Gentry Lee)

Lorsque Rama II, l'astronef d'origine extra-terrestre, quitte le système solaire, il emporte à son bord trois humains, dont la mission est de reconstituer une colonie, loin de leur planète d'origine. Mais l'entreprise va s'avérer périlleuse.

Après Rendez-vous avec Rama et Rama II, le troisième volume d'une grande série.

Les fontaines du Paradis
1304/4
Les chants de la terre lointaine
2262/4

Base Vénus
Lorsqu'elle reprend conscience, Sparta s'aperçoit que trois ans de son existence ont totalement disparu de sa mémoire. Plus troublant encore : elle se découvre d'étranges pouvoirs. Comme si son corps et ses perceptions avaient été reconfigurés... A la recherche de son passé, Sparta rejoint alors l'orbite de Vénus.

- Point de rupture
2668/4 Inédit
- Maelström
2679/4 Inédit
- Cache-cache
3006/4 Inédit
- Méduse
3224/4 Inédit
- La lune de diamant
3350/4 Inédit
- Les lumineux
3379/4 Inédit
Le fantôme venu des profondeurs
3511/4 Inédit
La Terre est un berceau
3565/7 (avec Gentry Lee)

Achevé d'imprimer en Europe (France)
par Brodard et Taupin à La Flèche (Sarthe)
le 1er décembre 1994. 6604 K-5
Dépôt légal déc. 1994. ISBN 2-277-21576-7
1er dépôt légal dans la collection : déc. 1983

Éditions J'ai lu
27, rue Cassette, 75006 Paris
Diffusion France et étranger : Flammarion

1576